あこがれのスチ子さん

一人の少女が夢を叶えるCA誕生物語

世界が大好きで、客室乗務員になりたいあなたへ。
あこがれは、叶う。内なる声を信じて動きだそう

はじめに

この本を、客室乗務員になりたいあなたに贈ります。

「どうしたら客室乗務員になれますか？」

目をキラキラ輝かせ、少し照れながらも勇気をもって質問してきてくれた女の子たちの気持ちに、精一杯答えたいと、今まで機内でお話することが何度もありました。その姿は、かつて客室乗務員になりたいと夢中で願っていた私そのもの。なりたいけれど、わからないことや不安に思うことがたくさんあり、夢を追うことをあきらめたくなることもありました。

そんなとき、もし身近にいろいろな話を聞ける客室乗務員のお姉さんがいたら、どんなによかったことでしょう！「客室乗務員になるという夢を、一人でも多くサポートできたら」そんな思いから、今まで機内では、時間がなくて話せなかったことまで、一冊の本にまとめることにしました。

本書では、将来客室乗務員になりたいと夢見ている大学3年生のハナちゃんが、ヨーロッパ行きの機内で日本人乗務員のスチ子さんに出会い、客室乗務員になりたいけれど、どうしたらなれるのか？

という疑問に答えるという対話形式で進んでいきます。

この本があなたの夢を叶える手助けになることを願ってやみません。さあハナちゃんと一緒に夢に向かって一歩を踏み出しましょう！

スチ子さん：客室乗務員歴8年、アジアの航空会社を経て、欧州の航空会社に勤務。ヨーロッパ在住。

ハナちゃん：大学3年生。ヨーロッパへのはじめての一人旅でスチ子さんに出会う。以前から客室乗務員になりたいと夢見、今日は勇気を出して色々質問しようと決めて飛行機にのった。

スチ子さん

ハナちゃん

目次

目次

第1章

出会い

客室乗務員の世界へようこそ！

「あの、すいません！　今お時間ありますか？」

「はい、ありますけど、どうしましたか？」

「私、客室乗務員になりたいと思っていて、お話を聞かせてほしいんです！」

「…ええ。わかりました。それではギャレー（飛行機のキッチン）に来てくれますか？」

勇気をふりしぼって客室乗務員さんに話しかけてみたら、思ったより快く話をしてくれるとわかってほっとしたとした。ハナちゃんのイメージする客室乗務員の仕事はこんな感じ。

- 空を飛ぶこと
- 機内でお客様に食事などをサービスする仕事
- 海外にたくさんいける仕事
- 外国語を使う仕事

でも、もっと具体的に知りたいと思っている仕事内容について疑問に思っていることを遠慮せず聞いてみることにした。

客室乗務員の仕事って大変？

「あの、客室乗務員の仕事って大変って聞いたんですが…」

「イメージとちがうという話を聞いたことがあるのかしら？　そうね、客室乗務員の仕事は、一見とても華やかでかっこいいイメージがあるわよね。綺麗にお化粧して、笑顔でサービスをし、外国語を話せて、空港でも制服でさっそうと歩く姿。

でも、一方で見えないところでは、長時間フライトによる時差ぼけ、立ち仕事での接客、トイレの掃除、食事の準備など、体力的に大変なことや、地味な作業もあるのは事実よ。

でも、大変かと言われると私はそうは感じないの。もちろん長時間のあとのフライトは、眠たくて今すぐベッドで眠りたいと思うし、お客様からサービスについてクレームを受けると精神的にもダメ

ージを受ける。さらに重たいカート（食事が入った台車）を運ぶときには足を踏ん張って、食事をオーブンにいれて温めて、取り出すときに不注意で火傷をすることもあるわ。機内で急病人がでたときは、心を落ち着けて迅速に対応しないといけないし、飛行機の万一の不具合に備えて、しっかり知識ももっていないといけない。小さなことまで数え出したらきりがないけれど、**この仕事にはそれ以上のやりがいがあるの。**

やりがい＞大変を上回るということかな」

客室乗務員の仕事はやりがいがある？

「私は基本的にはどんな仕事もやりがいがあると思っているわ。『やりがい』を辞書で調べてみるとね、『そのことをするだけの価値と、それにともなう気持ちの張り』と書かれているの。客室乗務員の仕事は、

- 安全な空の旅の保安要員であり、
- 狭い空間でも快適に過ごしてもらうためのサービス要員であり、

●お誕生日をサプライズでお祝いするエンターティナーであり、
●外国人の乗務員と日本人のお客様をつなぐ架け橋であり、
●旅行先の国を体験する最初の瞬間をつくる人でもあり、

と色々あるのよ。これらすべてに一貫していることが何かわかるかな？」

「うーん…」

「別の言い方をすると、

●安全に目的地までたどり着けたり、
●笑顔でずっと接してもらったり、
●お誕生日にサプライズのお祝いをしてもらったり、
●言葉が通じない外国人クルーと話ができたり、
●飛行機にのった瞬間から旅行先に来ているような気分になったりしたら、

お客様はどんな気持ちになるだろう？」

「…うれしい？」

「そう！　正解！　つまり喜んでくださるんだよね。『この飛行機に乗ってよかった』『この乗務員さんたちがいてくれて本当によかった』と思ってくださる。そんなふうに『お客様がどうしたら喜んでくださるか』を考えて仕事をしていると、お帰りになる際に、たくさんの『ありがとう』を受け取るの。私は『ありがとうの魔法』って呼んでいるんだけど、『ありがとう』と深く感謝していただけた瞬間、心がギュッとしめつけられるほどうれしくなって、大変なことはすべて忘れてしまう。ただ心に感じるのは『うれしい！　楽しい！』っていう気持ちよ。

お客様のために、自分の持ち味を活かして、チームで協力しあいながら、やれるだけのことをする。そしてたくさん『感謝の言葉』をいただく。仕事を通じて感謝されることは、すばらしい体験よ。客室乗務員という仕事は大変な部分もあるけれど、自分の向き合い方次第で多くの人から感謝され、やりがいを感じる機会が多い仕事と言えるわ」

「チーン」

「あ、お客様コールだわ。席まで行ってくるので少しまっていてね！」

スチ子さんの話を聞いていたハナちゃんは、客室乗務員の仕事がどんなものか少しわかったような気がしてうれしくなった。大変な側面もあるけれど、それ以上にやりがいがたくさんある。飛行機に乗っている未来のお客様に「ハナさん、ありがとう」と言われている瞬間を想像したらニヤニヤしてしまった。

はぁ。でも自信がない。顔も語学力も月並みの自分がどうしたらなれるのか全然想像がつかないのだ。「スチ子さんみたいに美人だったらな」そう思いながらも、スチ子さんが戻ってきたら、自信のなさを素直にぶつけてみようと思った。

どうしたら自分に自信をもてる？

「ごめんね、おまたせしてしまって。そういえば、名前をまだ聞いてなかったわよね？」

「私、ハナと言います」

「ハナちゃんというのね、よろしくね！　ところで、客室乗務員の仕事がどんな感じがわかってもらえたかな？」

「はい、大変だけど、やりがいがある仕事なんだなと感じました。でも、実は自分にまったく自信がないんです。スチ子さんの話を聞いて、さらに客室乗務員になりたいって心が踊るのに、私のようになんのとりえもない人間がなれるわけないって思うんです。それに顔だって月並みだし」


ハナちゃんはそういいながら、自分がどんどんみじめに思えて声が震えるのを感じていた。

「ハナちゃん！　大丈夫、心配しないで！　これから私が話すことを実践したら必ず客室乗務員になれる！　だからね、さあ笑って！」

そういうとスチ子さんはゆっくりと話しはじめた。

だれでも自信をつけれる方法

「ハナちゃん、まず質問していいかな？　ハナちゃんは自分に自信がないと言ったよね。まず、なぜ自信がないと感じるのかな？」

「えーと、語学も話せないし、頭も格別いいわけでもないし、容姿も端麗ではないし」

「うんうん」

「それに私より客室乗務員に向いていそうな華やかな女子がたくさんいるような気がします」

「なるほど、そう感じるんだね」

「はい」

「それじゃあ、質問を変えるね。どうしたら自分に自信がもてると思う？」

「語学が話せて、頭がよくて、容姿端麗だったら！」

「ふふふ、そうだよね。私もはじめは、全然自信がなかった。自信がなくて、どうしたら憧れの客室乗務員になれるのかさっぱりわからなかったわ。ハナちゃん、自信ってね『自分を信じる』と書いて自信よね？　自分を信じるというのは、簡単そうで案外みんなできなくて苦しんでいるのよ。**でもね、自分が選んだ道を歩いていくには、自信が絶対に必要なの。**じゃ、どうやったら自信がつくと思う？」

「…」

ハナちゃんは、思わず沈黙した。

スチ子さんは、優しく微笑みながら、話を続けた。

「自信はね、『自分に小さな約束をして、それを守る』という小さな成功体験を積み重ねていく以外、近道はないの」

例えば、ハナちゃんは語学が話せたらいいのにと思っているよね。そうしたら、語学が話せるようになるために、どうしたらいいか考えてみるの。

- 英語のアプリを探してみる
- 英語の番組をみる
- ラジオ講座を聞く
- 語学学校に通う

●外国人の友達をつくる
●留学する
●外国語学部に入る

「どれでもいいのだけれど、この中でハナちゃんが一番はじめやすそうなことは何かな？」

ハナちゃんは、少し考えて口を開いた。

「えーと、、ラジオ講座を聞く、です」

「ＯＫ、ではラジオ講座を聞くと決めたとするよね、そうすると例えば、

1．まずどんなラジオ講座があるか調べ
2．講座テキストを買って
3．実際に時間を決めてラジオ講座を聞く

という行動が必要になるよね。そして、その中から今週することを一つでいいから自分と約束するの」

「行動を自分に約束する…？」

「ええ、そうよ、例えば『どんな講座があるか調べる』と約束したら、それを守る。この日に調べると決めて、ちゃんと調べてみるの。そうした小さな約束を自分とつくって守っていく、一つ守れたら、また一つ。

そうして小さな成功体験を積み重ねていくとね、ある日、自分がとてつもないところまで登っていたことに気づくの。まるで山の頂上から見る景色のように、新しい世界が広がるの。語学が話せるようになるというスキルの向上はもちろんあるけれど、なにより、私にはなんだってできる！　というマインド（自信）がつくられていくわ。それって素敵だと思わない？」

自信は、自分との小さな約束を守っていくことで、大きく育っていく。

言葉の力はマジックパワー

そっか、私にもできるかもしれない。ハナちゃんは、心に少しずつエネルギーが戻ってくるのを感じていた。

「ハナちゃんに笑顔がもどってよかった」

そういうとスチ子さんは二人分のコーヒーを淹れるとクッキーと一緒に手渡してくれた。飛行機の小さな窓からは真っ青に晴れた空が見える。

コーヒーを一口飲むと、スチ子さんは穏やかに話しはじめた。

「もう一つ、客室乗務員になるためのとっておきの秘密を教えてもいい？」

「も、もちろんです！」


「**それは、言葉の力よ。**マザーテレサという人をハナちゃん知っているかな？　たくさんの貧しい人々を救い、ノーベル平和賞を受賞した彼女の言葉に、

思考に気をつけなさい、それはいつか言葉になるから。

言葉に気をつけなさい、それはいつか行動になるから。

行動に気をつけなさい、それはいつか習慣になるから。

習慣に気をつけなさい、それはいつか性格になるから。

性格に気をつけなさい、それはいつか運命になるから。

というものがあるわ。自分が夢見る未来を叶えていくときには、**自分が自分自身に話す言葉**を気をつけて観るということが、とっても大切なの。『私なんてできない、私のような才能がないのはダメ』と思ってしまう日があっても『私なら必ずできる、私は豊かな才能がある』と自分で自分に言葉をかけてあげる。これはおまじないでもなんでもなくて、言葉がそれほど力を持つという真理なの。自分を卑下しそうな言葉を言いそうになったら、ギュッと口をつぐんで、前向きな言葉に変換して話してみるの。試しに『私なんて客室乗務員になれっこない』って言ってみるとどんな気持ちになる？」

「私なんて客室乗務員になれっこない…なんだか悲しい気持ちですね」

「じゃ、『私は、客室乗務員として活躍しています』と言ってみるとどう？」

「『私は、客室乗務員として活躍しています』…なんか少しくすぐったいけど、うれしい気持ちになります」

「そうそう、その調子！」

「へへへ…」

ハナちゃんは、照れくさそうに笑った。

「最初は、違和感があるかもしれないけれど、**自分によい言葉をかけてあげることを繰り返していく**

うちに、やがて、それが真実になるのよ」

ハナちゃんは、言葉にそんな力があるなんて知らなかった。みんな当たり前のように使っているのに、知っているのといないのでは、運命まで変えてしまうなんて。

ハナちゃんは、自分自身にかける言葉を大切にしようと、心の中で誓った。

言葉の力は、人生を変えてしまう力がある。自分にプラスの言葉をかけることを意識してみよう。

人の言葉を鵜呑みにしてはいけない

「言葉のもつパワーを実感してもらえたかな?」

「はい! 言葉って無意識で使っていたんです。客室乗務員になるという運命に乗るために、これからは、意識して言葉を使ってみようと思います」

スチ子さんは、朗らかに微笑むと、さらに話を続けた。

「ハナちゃんが夢を目指しているプロセスの中で、もしかすると、友達や家族に『その仕事は向いていないんじゃない？』とか『あなたには無理だよ』と言われることがあるかもしれない。けれど、それは彼らの意見であって、ハナちゃんの人生の真実とは関係がないの。そんな時は『心配してくれてありがとう。でも私はきっとなるから大丈夫！』と答えてあげたらいいわ。言いづらければ、自分の心の中で、唱えるだけでもいい。**人の言葉を鵜呑みにして、自分の人生の主導権を手放さないこと。**これを覚えていてほしいの」

ハナちゃんは、ドキッとした。

「…実は私、昔勇気をだして、客室乗務員になりたいということを友達に打ち明けたことがあるんです。そしたら、『ハナちゃんにはちょっと無理じゃない？』と言われて、心がひどく傷ついたことがあったのを思い出しました。『そうだよね〜無理だよね〜』って顔ではヘラヘラ笑っていたんですけど」

「それは傷ついてしまうね。でももう大丈夫よね！　ハナちゃんは、言葉のもつ力について学んだのだから。どうか、自分が自分自身に話す言葉を大切にしてね。そして人からの言葉を鵜呑みにして夢をあきらめそうになっていないか、に気をつけてみてね！」
「はい！　あ、あれ？　そういえば私、さっきまでずっと「私なんて…」という言葉ばかり発していました。スチ子さん、言葉ってこんなに大切なんですね」

仕事の価値は自分が決めるもの

話をしているうちに、ハナちゃんは、スチ子さんには、何を話しても大丈夫という安心感が芽生えているのを感じていた。そこで、ずっと胸の奥に引っかかっていた出来事で、誰にも相談できなかったことをスチ子さんになら、相談してみたいと思った。

それは、こんな出来事だった。

「私のおじさんは、大きな会社の社長をしているんです。とてもお金持ちで、名誉もあって、私たちの親戚の中では、一目置かれている存在です。そのおじさんに、私の夢は客室乗務員になることだって話したら、こんな風に言われたことが忘れられないんです。

『客室乗務員の仕事は、空の上のお茶汲みだぞ。空のウェイトレスより、もっといい仕事があるんじゃないか？』

それを聞いてたら、私の夢って、ちっぽけなのか？　つまらない仕事なのか？　って思ってしまって…」

「そうだったのね、それでハナちゃんはどう思ったの？」

「それが自分でもわからなくなってしまって…おじさんは社長だし、お金持ちで成功者だし、私より年上だから、人生経験もある。だから、おじさんの言ってることは、正しいんじゃないかって。そう思ったら、このまま客室乗務員を目指すことが怖くなってしまって…」

ハナちゃんは、うつむき加減に胸のうちを打ち明けた。

「ハナちゃん、ずっと悩んでいたことを話してくれてありがとう。まず、大切なことを伝えたいと思う。それは、『**仕事の価値は自分で決めるものだ**』ということよ。

世の中には、暗黙の価値基準があって、知らず知らずのうちに仕事の価値にも上下があるように感じられることがある。例えば、単純作業は価値が低くて、複雑な仕事ほど価値があるというようにね。

でも、それって本当かしら？

世間にあるようでない曖昧な価値基準や他人の価値基準に合わせていると、自分がいい！　と思った感覚を信じられなくなるわ。それは、若い時は、仕方がないことかもしれない。なぜなら、周りの大人はみんな自分より年上で、経験も豊富そうに見えて、自分より『正しい何か』知っているのではないかと思ってしまうのも当然だわ。

でもね、『正しい何か』を知っている人は、この世には存在しないの。そもそも『正しい何か』なんて存在しないわ。みんなそれぞれの価値観で生きていて、その人生観に基づいて、アドバイスをしているだけなの。

じゃ、何を信じたらいいと思う？　**それは自分のハート（魂）の声よ。**それは、ちょっと恋に似ていると思う。理屈じゃなくて、自分が好き！　かっこいい！　素敵！　と思う、その感覚。

きっと、ハナちゃんも、客室乗務員になろう！　と思ったのは、そんな感覚があったからなんじゃないかな？　そうだとしたら、その自分の感覚を信じていいの。**あなたの人生において、あなたらしく生きる上で、その感覚以上に、信頼できるものなんてないわ。**

たとえ、アドバイスをくれる人が年上であっても、経験が豊富でも、社会的に地位があっても、心配してくれていても、その人はあなたじゃない。それに、その人たちは誰も客室乗務員として空を飛んだことがない人たちよね。**あなたにとって、何が価値があるのか？　それを決めるのはいつだって自分よ。**

そしてね、これだけは覚えておいてほしいの。その仕事を最終的に本当に価値あるものにするか、しないかは、自分次第よ。

あなたたちは、いくらでも仕事に価値を与えることができるのよ。

もし、あなたの価値観を否定するような人が現れたら、こう言ってやりなさい。

『小さな世界で出来上がった価値観で人のこと、とやかくいうんじゃねー！』なんてね」

スチ子さんが、珍しく毒舌で、思わず吹き出してしまった。

ハナちゃんは、泣きながら笑っていた。こんなに涙がでるとは思ってもいなくて、自分でもびっくりしながら、実はよほどおじさんの言葉を気にしていたんだということに気がついた。

「そっか、私、自分の気持ちを信じていいんですね。やっぱり私は、客室乗務員になりたい。誰がなんと言おうがいい。自分のハートを信じる。なんだか胸のつっかえがとれたみたいです。スチ子さん、ありがとうございます……！」

人からの「意見」を鵜呑みにして、自分の夢の価値を疑うのは、もったいない。

「ハナちゃんは、本当に素直で学ぶのが早いのね。もっと教えたくなってしまうわ！　でも、これから着陸前の夕食サービスの準備をしないといけないの。そうだわ、その間に少しお題をだしてもいい？」

「お題ですか？」

「ええ、このお題を考えることで、ハナちゃんはまた一歩、夢への階段を登れると思うの。シンプルな質問だけれど、考えるのに時間がかかると思うから、席でゆっくり考えてみてね！」

そういうとスチ子さんは、一枚の真っ白な紙をカバンから取り出し、スラスラとなにやら書き出した。書き終わると『がんばって！』とウィンクをしながら紙を手渡した。そして時計を見ながらオーブンのスイッチを入れたり、ドリンクワーゲンのセットアップなどサービス準備をはじめた。忙しそうなスチ子さんにお礼をつげて、ドキドキした気持ちのまま席にもどった。

スチ子さんから渡された紙に目をやると、

『彼《てき》を知り、己を知れば、百戦危うからず』

と大きな字で書かれていた。さらに、その下には、

『彼《てき》とは？　己とは？　何か？

意味をじっくり考えてみてね！　次の機会に答え合わせをしましょう！』

と書いてある。これが本当に客室乗務員になるヒントなのかな？　うーん、なんだか質問が難しすぎて頭が全然まわらない。スチ子さん、この問題は難しすぎやしませんか？

第2章

相手を知る

新しい出会い

「つづきは、明日この場所で会って話しましょう！」

飛行機を降りるときに、スチ子さんから受け取った一枚の地図をたよりに、時間通りにたどり着こうとホテルを早く出発した。まさか、勇気を出して話しかけたら、こんなことになるなんて信じられない。はじめて訪れる国の喧噪、行き交う人々、光景、香り、そのどれもに心がときめきながら、またスチ子さんに会えることがうれしくて一段と早足になった。

「地図の場所ってここ？」

顔を見上げると、そこには煙突が緑のつたで覆われた大きな屋敷があった。

「まるでジブリの世界みたい」

おそるおそる大きな木の扉をノックした。

「ハナちゃん、よく来てくれたね！」

スチ子さんは、そういうとハナちゃんをギュッと抱きしめて家の中に招き入れた。家の奥に進んでいくと、そこには広いリビングがあって、パチパチと音をたてながら燃え上がる暖炉の前に大きなソファ、そしてテーブルの上には温かい紅茶とビスケットが用意されていた。

「あれ？　誰かもう一人いる」

「ハナちゃん、紹介するね。私の心の師匠で、尊敬する大好きな女性、ミセス・アンネよ」

ソファには、真っ赤なセーターに、美しく光るパールのネックレスをまとった80歳くらいの女性が座っていた。目をみた瞬間に、溢れる気品を感じて、後ずさりしそうになった。

「彼女は、40年間、世界の大手航空会社3社でキャリアを積み、新人教育、採用なども担当してきた大先輩なの。客室乗務員としての仕事はもちろんのこと、面接官としてどういう人を採用してきたかなど、ハナちゃんが必要としている話が聞けるんじゃないかと思って、ぜひ会ってもらいたかったのよ」

「あなたがハナさんね。はじめまして、よく来てくれたわね」

少し、しわがれた優しい声でそう挨拶すると、ミセス・アンネはゆっくりとソファから立ち上がり、そっとハナちゃんに歩み寄ると手を差しだした。長年のしわが刻まれた、小さくて温かな手だった。

「ハナさんと言ったわね」

ミセス・アンネは、大きなメガネの奥に映る優しい瞳で、ハナちゃんをじっとみた。

「私は、長年航空業界で働き、世界中を飛び回ってきたの。世界は、広くて美しい場所よ。いろんな人が住み、いろんな価値観をもって生きている。あなたは、どうして客室乗務員になりたいと思ったの？」

「えっと…それは…」

ハナちゃんは勇気をだして、話しはじめた。

「私、たくさんの人と出会ってみたいんです。それも、いろんな国の人と！　そして、いろんな国に行って、たくさんのものをみてみたいんです。外国が大好きなんです。それと、母の夢の仕事だったんです」

「そう、それは素敵ね」ミセス・アンネは、優しくうなずきながら、真剣な表情で話しはじめた。

「ハナさん、今まで、私は多くの人たちの面接を担当してきたの。そして、たくさんの人が客室乗務員になりたいと面接にやってきたわ。『どんな人が客室乗務員になれるか？』この基準を知りたいかしら？」

ゆっくり紅茶をすすりながら、ミセス・アンネはハナちゃんの目を真っ直ぐに見つめた。青いキラキラした瞳と、やわらかなウェーブのかかった金色の髪に赤い口紅がきちんとひかれたミセス・アンネは、80歳には見えないほど、美しい。心がバクバクと高鳴るのをおさえきれない中、ハナちゃんは即答した。

「はい！　心から知りたいです！」

「ふふふ、そうこなくっちゃ。では、はじめましょう」

ミセス・アンネとスチ子さんは顔を見合わせて微笑んだ。こうして現役客室乗務員のスチ子さんと元面接官でもあるミセス・アンネとのマンツーマンレッスンがはじまった。

勝利への一歩は相手を知ること

「私はなんてラッキーなんだろう」ハナちゃんは、自分の幸運に心底感動していた。余韻にひたるハナちゃんを見て、スチ子さんは微笑みながら質問をした。

「ねぇ、ハナちゃん、前回飛行機の中で渡したお題、考えてきてくれたかな？」

「はい…」

『彼《てき》を知り、己を知れば、百戦危うからず』

「実は、意味さえよくわからなくて少し調べてみたんです。これは、中国の兵法『孫子』にでてくる有名な言葉で、『敵についても味方についても情勢をしっかり把握していれば、幾度戦っても敗れることはないということ』と書いてありました」

「よく勉強なさってきたわね」

ミセス・アンネは嬉しそうに微笑みながら、こう続けた。

「この言葉は、かのナポレオンも座右の銘として幾度もの戦いを勝利に導いたのよ。つまり、勝つための秘密が隠されているの。この名言は、噛み砕いていうと、

●てきの情報をたくさん集め、
●自分の持っている強みや弱みをよく理解し
●その上でしっかりと戦略をたてることができれば
●どんな戦いにも絶対に負けない。

そう言っているの。わかるかしら？」

「…はい。意味はなんとなくわかるんですけど、イマイチピンときません」

「そうよね、では、分かりやすいように、恋愛で考えてみるのはどうかしら？」

ミセス・アンネは、まるで相手の気持ちがわかるみたいだ。困っていると、先回りして助け舟をだしてくれる。ますます、客室乗務員への憧れが強まっていくのをハナちゃんは感じていた。

「ハナさんには、好きな人がいるかしら？」

「エェ？」

いきなりの質問に顔が真っ赤になっていくのが自分でもわかった。ハナちゃんには、小さい頃からずっと思いを寄せている幼なじみがいる。頭がよくて、スポーツ万能で、その上すごくかっこいい。だから、当然女子が放って置くわけもなく、すごくモテるのだ。小さい頃はよく話しながら、学校の帰り道を一緒に歩いた。でも今は…

「ふふふ、どうやら好きな方がいるようね。実は、その彼を射止め、ふりむかせる方法でさえも、さっきの格言に隠されているのよ。少し楽しくなってきたのではないかしら？」

微笑みながらも、ミセス・アンネもなにやら楽しんでいるように見えた。

「さあ、さっそく格言の意味をみていきましょう！」

『彼《てき》を知り、己を知れば、百戦危うからず』

ここでいう「彼《てき》＝意中の相手（好きな人）ということになるわ。百戦危うからずは、負けないということ。つまり「勝つ」ということよね。恋愛での勝利とは、一言でいうと、両思いになること。噛み砕いていうと、**勝利への第一歩は、まず徹底的に好きな人について知ることと言えるわね**」

「つまり、相手のことをリサーチをすれば、戦いに勝てるということですか？」

「ええ、そうよ。例えば、彼のタイプの女性は？　彼の好きな食べ物は？　彼の大切にしている考えは？　などの情報を色々な方法を使って集めるの。なぜ、情報を集めるのか？　といえば、**戦略が立てられるからなの。**

●長い髪の女の子が好きなら？

↓髪を伸ばしてみる！

●クッキーが好きなら？

↓美味しいクッキーの焼き方を練習する

●人に嘘をつかないポリシーがあるなら？

↓自分も人に嘘をつかないように気をつける

というように、相手のことを知れば戦略を立て、対策を講じることができる。その結果、彼があなたを好きになる確率がぐっと上がるでしょ？」

うん、確かに言う通りだ。ただ、指をくわえて見ていても何も変わらない。これだけは事実だ。ハナちゃんは、

「では、本題よ。言葉の意味をかみしめた。これを、ハナさんの『客室乗務員になる』という勝利に置き換えてみると、

『てき』＝『意中の航空会社』

ということになるわよね。好きな彼の彼女になるために、情報を集め戦略を立てたように、ハナちゃんが働きたいと思う航空会社のことを、よく知って戦いに挑めば、もう勝利は半分見えたようなものよ。

例えば、

・その航空会社の歴史は？
・大切にしてる企業理念は？
・どんな未来を目指しているのか？
・どんな人材を求めているか？
・どんな働き方をしてほしいのか？

などいろいろ情報を集めて、そのために、準備できることを考えてみるの」

戦略を立てることができれば、合格の確率は上がる。その戦略を立てるために、まずは、気になる航空会社の情報を集めよう。

どこの航空会社に入るのがいい？

「戦略か…」ふむふむとうなづくハナちゃんを見守っていたスチ子さんがそっと口を開いた。

「ところで、ハナちゃんは、どこの航空会社に入りたいの？」

「航空会社って、みんな同じではないんですか？」

今まで、客室乗務員になることだけを夢見ていたせいか、どこの会社に入りたいかまでは考えてなかったのだ。

「これがおもしろいことに、全然ちがうの！　もちろん、基本的な業務、つまり保安要員、サービス要員という点では同じ。けれど、航空会社はどこも同じというわけではなくて、それぞれに独特の雰囲気があるわ。それぞれの会社の大切にしているフィロソフィーの違いが、会社の雰囲気、サービスの仕方、働き方などに影響を与え、その小さな差が積み重なって、空気で感じ取ることができるほどの大きな差になることがあるのよ。

さらに言えば、ベース（仕事の拠点として住む国）は日本か？ 海外か？ フライトは、世界中を飛ぶのか？ それとも、日本間だけか？ などの条件も、航空会社によって様々よ。

まとめるとね、基本的な業務は同じでも、それぞれの色があるということよ。航空会社を選ぶときは、どこが社会的に一番いい会社か、ということではなく、**ハナちゃんにとって、どこの会社が一番魅力的か？ この視点が大切なの。**

客室乗務員になってみたけれど、イメージとちがうというのは、会社を選び間違えていることだってあるわ。恋愛でも、友達からいい人だと紹介されてなんとなく付き合った人より、自分の心が動いた彼と付き合った方が、自分にしっくりくることって多いのと同じ。自分の内から湧きでる『なんかいいなぁ』という感覚を大切にしてみてね」

「ちなみに、スチ子さんは、ここだ！ という意中の航空会社はあったんですか？」

「私は海外ベース（日本人もその航空会社の本社がある国で暮らし勤務する）に強く憧れていたの。子供の頃から海外で暮らすのが夢でね、さらによりグローバルな環境に身を置きたかった。だから外資系でさらに海外ベースの航空会社にばかり目がいっていたわ。外国語を話しながら仕事をする女性にとても憧れたの」

ハナちゃんは、熱心に相槌を打ちながら、心の中で「私も海外ベースがいいかも！」と胸が高鳴るのを感じた。自分の夢が現実味を帯びてくるときって、こんな感じなのだろうか。

実際に経験したことのある人の話を聞いてみると、ぼんやりとしていたことが、どんどん、イメージができるようになってくる。経験者から話を聞くことは、自分の望む未来の方向性をはっきりさせる上で、とても大切なのかもしれない。

航空会社にはそれぞれの色がある。情報を集め、自分のいいなという感覚に従って、気になる航空会社を探してみよう。

相手の情報を集める方法とは？

「ハナちゃん『なんとなくいいなぁ』という意中の航空会社が決まったら、次なるステップは徹底的な情報収集よ。では、どうやって情報を集めていけばいいだろう？　例えば、片思いの彼の情報を集めるときは、

- 彼に直接聞く
- 彼の友達に聞く
- 彼の書いた文集を読む

などの手があるわよね。じゃあ航空会社の場合はどうかな？」

う〜ん、周りに聞けそうな人はいないしな…と記憶をたどっていくと、ピンとヒラメキが降りてきた。

「そういえば、本屋さんで『エアライン』に特化した雑誌を見かけたことがあります！」

「それは『エアステージ』のことね。月刊で様々なエアライン特集をしている雑誌よね。表紙を飾る客室乗務員の方の写真にみとれて、私もよく手にとったわ。各社エアラインの働き方、社風などを知れる最高の情報源の一つね」

スチ子さんは懐かしそうに微笑んだ。

他には、

・本（客室乗務員になる方法）
・エアラインスクールへ行ってみる
・機内で客室乗務員の人に話を聞く
・ネットのコミュニティサイト（ＣＲＥＷＮＥＴ）
・ブログ

など、情報をどこから集めることができるか、知っておくことも大切よ。

例えば、インターネット上の掲示板では、質問を書き込んで、実際にエアラインで働いている人から回答をもらえることがあるわね。ただし、匿名での投稿なので、情報の信頼性という点では、きちんと自分の中で精査する必要はあるわ。

直接、現役ＣＡの方の話を聞いて情報を集めたい場合は、エアラインスクールに行くという手もあるの。スクールでは、そこに通っていた卒業生たち、つまり実際に航空会社に合格して客室乗務員になっている先輩たちが、スクールに顔を出したりすることがあるわ。

その時には、試験の様子、対策、待遇、実際に働いてみて感じていることなど、直接話を聞けたりするの。

実際、私のＣＡ仲間から聞いたことがあるのだけど、彼女がスクールに通っていた時代、自分が志望するエアラインで既に働いている先輩にメールベースで色々質問したそうよ。そして、その後、彼女が無事に客室乗務員になれたときには、今度は彼女が相談に乗る立場になって、スクールに在籍中の生徒さんからメールで質問を受けていたそうよ。

ネットワーク網があるため、生の情報を受け取りやすいというのは、スクールの強みかもしれないわね」

「ちなみにスチ子さんは、どうやって情報を集めたんですか？」

「私は社会人として仕事をしていたことで時間の制約があってスクールにはいけなかったの。でもその代わりにインターネット、本、雑誌などで情報を集めたわ。今だと、元客室乗務員の人がオンラインで相談に乗るというサービスも見かけるわよね」

「いろいろな方法があるんですね。全然知らなかったです。でも大切なことがまた一つわかりました！相手の情報を知るというのは、勝利への第一歩。情報を自分から集めにいくことが大切なのですね」

「そう、その通り！　そして、情報はどこから得られるか？　それを知ることで、相手の情報をしっかり集めることができる。そうすれば、効果的な対策を立てられるわ。当たり前のようで、見落としがちなことよ」

ハナちゃんは、忘れないうちにメモをした。


いいなと思う航空会社の情報を集める手段を探し、実際に情報を集めてみよう。

コラム

航空業界の10個の豆知識

① 居住拠点となるベースは？

日系の航空会社の場合、ベースは基本的には日本。外資系航空会社では、海外ベースと日本ベースの両方がある。

基本的に外資系の航空会社では「日本人枠」での採用が多く、航空会社の本拠地と日本を結ぶ便に乗務をし、日本人のお客様が快適に過ごせるサポート役となる。まれに、日本人枠ではなく、現地のスタッフと同様の採用条件で働く航空会社もあり、この場合は、日本も含め、世界中の国際線に乗務する。

日本の就航都市は航空会社によって異なるが、東京（成田・羽田）大阪（関西）名古屋（中部）、福岡の４都市が多い。

② 航空券の社員割

会社によって規定は様々だが、基本的に割引料金で自社、そして同じアライアンスの航空会社の航空券が購入できる。航空会社によっては年に1回、母国へのフリーチケットを支給してくれることもある。また、家族や配偶者にも同じ割引率が適用される会社もある。ただし、フライトが満席の場合は、乗れないという条件つき。

③ フライトのスケジュール

航空会社によってスケジュールは様々だが、フライトできる月間の上限時間が決められているため、その範囲内で、会社がスケジュールを組む。

確実に要求が通るわけではないが、事前に飛びたい便をリクエストすることもできる。例えば、東京に家族がいて東京に飛びたい場合、自分が大阪便をもっていたとすると、他の人のもっている東京便と交換することもできる。ただし、個人間での交渉が必要でフライトの関係でできない場合もある。（航空会社によって規定は様々）

④海外暮らしで家族・友達・彼氏に会えなくなる?

海外ベースの場合、当然、家族や彼氏・彼女と離れて暮らすことになる。それでも結婚して家族が日本にいたり、彼氏や彼女と遠距離恋愛をしている人もたくさんいる。フライトの滞在中は、規則の範囲内で基本的に自由行動なので、機長に許可をもらい、実家に帰り家族との時間を過ごす人もいる。また、休暇で母国に帰国することもできるので、日本の家族や友達に会える機会は想像以上に多い。

⑤お給料・福利厚生

基本給にプラスして、フライト手当というものが存在する。航空会社によってお給料も、福利厚生も様々。家賃の補助がでる会社や、話せる言語数に応じて、毎月手当金がつく会社もある。定年後は一生、割引チケットで自社の飛行機に乗れる権利を与える会社もある。

⑥スキルアップ

はじめは、エコノミークラスの訓練からはじめる。その後、数年後にビジネスクラスの訓練を受ける会社もあれば、入社後すぐにエコノミー・ビジネスクラス両方の訓練を同時に受ける会社もある。外資系の場合、ファーストクラスについては、現地クルーのみが接客を許されるなどの条件がある場合もある。外国人クルーは、エアパーサー（客室責任者）にまで昇格できる会社もあれば、乗務員どまりの会社もある。

⑦アナウンス

機内でのアナウンスも仕事の一つ。外資系の航空会社では、エアパーサーやパイロットのアナウンスを英語から日本語に訳して、機内でアナウンスをする。基本的には、定型文が決まっているので、とっさの翻訳に慌てることは少ない。ただし、緊急時などには、臨機応変に対応する必要がある。誰もはじめからは上手にできないので、乗務しながら先輩のアナウンスなどを参考にして、少しずつ慣れていけば大丈夫。

⑧健康面について

飛行機での移動は、気圧や時差により、体に負荷がかかりやすい。長いフライトでは家を出発してから、滞在先のホテルに到着するまで15時間が過ぎていることもある。真冬の国を出発して、常夏の国に着陸するなど気温差が激しいこともある。そのためには、体が健康であることは必須条件。採用試験でどこの航空会社でも必ず健康診断書の提出が必要とされるのは、このため。日頃から、しっかり栄養や、睡眠をとるなどして体調管理が大切。

⑨ 経歴・学歴・年齢

経歴や学歴は、あまり関係ない。実際に合格した人の中には、営業職、塾講師、広告会社、グランドスタッフ、大学生など、様々な職種の既卒から、新卒までいる。ただし、外資系航空会社で外国ベースの場合、その国のビザをとるために、大学卒の証明が必要なこともあるので確認が必要。年齢は、アジアの航空会社では20代という制限がある会社が多い。欧州の航空会社では、日本人採用枠で35歳以上でも合格した人がいる。経験者枠での採用もあるので、希望する航空会社の募集がでない時は、一旦別の航空会社に就職して転職をするのも一つの方法。

⑩ 飛行機についての知識

入社前には、飛行機に関する知識は全くといっていいほど求められない。実際に入社すると飛行機の機種に合わせて、緊急時の脱出訓練や機内の様々な設備などについて分厚いマニュアルをもらい訓練を受ける。外資系航空会社の場合は、マニュアルも訓練もすべて英語。ただし、多くの場合、同じ国籍の同期が十数名採用されるので、助け合いながら訓練を乗り越える。

※航空会社により規定や待遇は異なるので、参考程度にしてください。

第３章

自分を知る

「さぁハナさん、たくさん話をして疲れたでしょう。どう？　せっかくこの街にきたのだから、午後は外にでかけてみましょうか？」
そう微笑むとミセス・アンネは美しい真っ赤なコートをまとい、でかける支度をはじめた。スチ子さんも、うれしそうに鏡の前で、口紅をきれいに塗りなおした。後に続くように、ハナちゃんも、急いで支度をはじめた。高鳴る胸の鼓動は一向におさまらない。

午後は、とてもいい天気だった。ハナちゃんは、石畳の道を歩きながら、花屋さんやアイスクリーム屋さんが立ち並ぶ路上で人々がほっぺにキスをしながら挨拶を交わしている姿をみて、ようやく外国に来ている実感が湧いてきた。

目に映るものすべてが新鮮で、美しいと感じていた。こんな美しい街に仕事で来ることができたら、なんて素敵なんだろう。想像するだけでワクワクが込み上げてくる。
スチ子さんとミセス・アンネが楽しそうに会話をしている横で、ハナちゃんは一人妄想をふくらませていた。

ミセス・アンネが案内してくれたカフェは、一歩足を踏み入れた瞬間に思わず鳥肌がたつような建造物だった。１００年の歴史があるというカフェには、高い吹き抜けの天井に美しい絵画が描かれ、テーブルには真っ白なテーブルクロスがかけられている。すべての席には、キャンドルとバラの花が飾られていて、おまけに時間になるとピアノの生演奏まであるというのだ。

ミセス・アンネは、ウェイターに挨拶を交わすと、庭が見える窓際の席へと案内された。

コーヒーの香りが漂い、うっとりしている表情のハナちゃんを微笑ましそうに見つめると、ミセス・アンネはゆっくりと話しはじめた。

自分を知ることの大切さとは？

「ハナさん、採用試験で選ばれるためには、『相手を知ること』が大切であるということは、理解できたかしら？」

「はい。実は今まで、航空会社ってどこも同じだと思っていて、会社について調べたことがなかったんです。でも、航空会社によってちがいがあるとわかったので、さっそく、どこの会社で働いてみたいか、じっくり調べてみることにします！」

ハナちゃんは、もう受かったような気がして、心はルンルンしていた。コーヒーも、ケーキも美味しくてパクパクと食べていると、スチ子さんがおもむろにこうつぶやいた。

「でも、敵を知るだけでは、まだ不十分なのよね…。**自分を知ることも必要だわ**」

「え…?」

さっきまで美味しく感じていたはずなのに、味がちっともしなくなった。頭が、またぐるぐると動きだしたからだ。『自分を知るって…?』頭の中にはてなマークが飛び交っていた。正直、そんなこと今まで真剣に考えたこともなかったし、友達とも話したことさえない。


少し困惑しながら、沈黙しているハナちゃんに助け船を出すように、ミセス・アンネはこう続けた。

「ねぇ、ハナさん、自分を知ることが、なぜ大切かわかるかしら? **それはね、自分のことを相手に知ってもらうためよ**。自分のことを相手に伝えるには、まずは、自分が自分のことをよく知ってないと伝えれないわよね? どれだけハナさんが客室乗務員になりたいと願っても、それを決めるのは、面接官。しかも面接官は、ハナさんのことを全く知らない人だわ」

「たしかに…」

「その人にハナさんの『いいところ』『素敵なところ』をどれだけ、伝えられるか。これが、とても大切なのはわかってもらえるかしら？　例えば、少し目線を変えてみて、ハナさんが一緒に働く人を探しているとするわ。そうすると、相手がどんな人か知りたい。そう思わない？」
「そうですよね、一緒に働くなら、その人がどんな人なのか知りたいと思います」
「そうよね、けれど、ハナさんがどれだけ素敵な人でも、どれだけ優しい性格の持ち主でも、それを言葉で表現できなければ、残念ながら相手には伝わらないわ。**言葉で自分のことを伝えるということは、相手に自分をきちんと理解してもらう第一歩よ。**そして、そのためにも、まずは、自分のことをよく理解していることが大切なの」

相手に自分の魅力を知ってもらうためには、まずは、自分が自分のことを知ることが大切。

質問の力は、自分を知る魔法の手がかり

なるほど…確かにミセス・アンネの言う通りだ。家族や友達は、私のいいところや、素敵なところをちゃんとわかってくれている。でも、はじめて会う面接官の人は、私のことを何も知らない。でも、どうしたら、自分のことを知ることができるのだろう？

困惑した表情でケーキを食べる手が止まっているのをみかねて、ミセス・アンネはすかさずフォローをした。

「ハナさん、心配はいらないわ。自分のことを知るって、なかなか難しいわよね。でも安心してちょうだい。自分を知るとっておきの2つの方法についてお話しをするわ」

ミセス・アンネの瞳は、どこまでも青く澄んでいて、長年の人生経験を物語るような慈愛に満ちていた。こんな大人には今まで出会ったことがなかった。

「まず、自分を知るための1つ目の方法は、『質問の力』を使うことよ」

「質問の力？」

「ええそうよ。質問には、不思議な力があるの。それは、**自分の中の無意識に眠っている答えを呼び覚ます力といえるわね**」

「呼び覚ます？」

「人は、生まれてきてから、今までの人生で起こった出来事や体験をすべて記憶しているの。ただし、それは、無意識の領域に保存されていて、普段は思い出すことがほとんどないわ。質問の力を使うことで、眠っているデータにアクセスできるようになるということね」

ハナちゃんは、少しワクワクしていた。自分を知ることができる質問って、いったいどんなものなのだろう？

「それでは、さっそく具体的に自分を知るための質問項目を書き出してみましょう」

そういうと、ミセス・アンネは美しい皮の手帳を取り出してスラスラと文字を書きはじめた。

- ●あなたの強みはなんでしょう？
- ●自分について自慢できることはなに？
- ●がんばってきたことは？
- ●よく人から褒められることは？
- ●人生で大切にしていることは？
- ●楽しいと感じるのはどんな時？
- ●辛くても乗り越えたことはなに？
- ●苦手なことはなに？
- ●なぜＣＡになりたいと思ったの？
- ●自分の能力や才能をＣＡの仕事にどう活かせるだろう？

質問が書かれた紙を前に、ハナちゃんは即答できない自分に驚いた。自分のことなのに、なぜ、すぐに答えられないのだろう？ 困った表情のハナちゃんをみてスチ子さんはこんなアドバイスをした。

「ハナちゃん、心配しなくても大丈夫よ。こういう質問って、日常生活の中では、まず聞かれることがないようなことよね。だから、すぐに答えられなくて当然なの」

ハナちゃんは、ホッとした。自分のことは、あまりにも身近すぎて、思いを巡らせたこともないような質問ばかりだった。

「だからね、この機会に、質問の答えを考えながら、新鮮な気持ちで自分と向き合ってみると、自分のことを知る手がかりがたくさん見つかるわ」

「自分を知るために、質問を使って自分と向き合うか…」

はじめて聞いた概念だったけれど、みょうに心に響くものがあった。さらにハナちゃんの理解を促すように、ミセス・アンネはゆっくりと口を開いた。

「この世界に生まれてきた人たちは、みんな唯一無二の存在よ。誰しも、それぞれの人生の物語があるわ。楽しかったことや、悲しかったこと、それに好きなことも、苦手なことも、そのどれもが個性を豊かに育むの。そんな個性豊かな自分のことを、今一度、あらためて知ることができる。それが質問がもつ力なの」

質問の答えを考えながら、新鮮な気持ちで自分と向き合ってみると、自分のことを知る手がかりが見つかる。

書くことではっきりする

ハナちゃんは、半信半疑ながらも素直に質問に対する答えをノートに書き出してみた。

・誰とでもすぐに打ち解けることができる
・人と話していると楽しい
・英語の勉強をがんばってきた
・笑顔が素敵だと褒められる
・鉄棒が苦手で、できなかったけど、毎日、放課後残って、逆上がりができるようになった

人生ではじめて、自分についての質問に対する答えを書き出してみると、普段気にもとめていなか

ったことや、忘れていたことが、書くことでどんどん溢れてくることに気がついた。時に、う〜ん、と悩んでしまい、答えられないこともあったが、それでも自分に対する新鮮な発見があった。

ノートに真剣な表情で書き込んでいるハナちゃんの横顔をミセス・アンネとスチ子さんは微笑ましそうに見守っていた。


「ハナちゃん、書いてみてどう？」

顔をあげると、スチ子さんが好奇心に満ちた眼差しでノートを覗き込んでいる。

「頭の中で考えているだけだと、ふわふわしていて、よくわからなかった自分の経験や気持ち。それが、ノートに書き出すことで、びっくりするくらいはっきりした気がします」

ハナちゃんが、興奮気味に笑う表情をみて、ミセス・アンネは、ほのかにコロンが香る手のひらをそっとハナちゃんの手の上にのせた。その温かさからは、勇気づけるような優しさを感じた。

「その調子よ、ハナさん。自分を知ることは、何よりも大切よ。そして、それを助けてくれる方法の一つが、いまのように、質問を立てて、紙に自分の考えを書きだすということ。ときどき、時間を見つけて、自分に質問する時間をつくってみてごらんなさい」

書くことで、よりはっきりする。「書くこと」を活用してみよう。

新しい経験をすると新しい自分を発見できる

「もう一つ、自分を知る上で大切なことがあるの。**それは、新しい経験をするということよ**」

「新しい経験？」

ハナちゃんは、新しい経験と自分を知ることのつながりが、さっぱりわからなかった。

「私の尊敬する、かつて大企業の取締役常務を勤めていらした方と話をしたときにね、こんなことをおっしゃっていたの」

『よく、若い人から、自分が本当は何をしたいのか、何が好きなのか、自分らしさとは、何なのか、わからないという質問を受けるんだけれどね。それって、日常の繰り返しだったら、当たり前だと思

うんだよね。鍵は、非日常にあると僕は思っていてね。例えば、今まで行ったことのない日本の島に行ってみると、出会う人も光景も空気もすべてがちがうよね。そういうと『ちがう』ところで自分の『心』がどう反応しているか、観察してみると自分について、いろいろな発見があると思うんだ。僕は、会社員をしていた40年あまり、会社と交渉をして毎年必ず2ヶ月の夏休みをもらって、行きたい場所、やりたいことをやってきた。**そういうルーティンから離れた新しい体験の中で、『自分』ってどんなことに興味があるんだろう？ どんなことに夢中になるんだろう？ そういうことを発見できたんだよ**』

ハナちゃんは、自分に言い聞かせるようにつぶやいた。

「そうか、今まで体験したことのない出来事の中に、新しい自分を発見するチャンスがあるということなのですね」

「そうね、経験をする中で、自分の心が動く瞬間に耳をすませていると、自分が何に感動したり、何に深く惹きつけられるか、おのずとわかるようになってくるわ。そして、これが『自分らしさ』なんだと、自分のことをもっと理解できるようになっていくのよ」

新しい経験（非日常）の中に、新しい自分を発見する手がかりがある。

「ハナさん、新しい街にきたばかりで、これだけ話をしたら疲れたでしょう？　今日はここまでにしましょう。そうだわ、せっかくだから今日は泊まっていってはどうかしら？」

ミセス・アンネは、楽しそうに笑った。

「えっ！　いいんですか？　ぜひ泊まらせてください！」

ハナちゃんは、心が踊るのを隠せずにいた。夕食には、野菜のポタージュと石窯パンをご馳走になり、ゲストルームに案内された。

「わぁ、まるでお姫様が眠る部屋みたい！」

ふかふかのベッドに、オレンジ色のランプ、おとぎ話にでてきそうだ。

「それでは、ハナさん、ゆっくりお休みなさい。明日また次のステップの話をしましょう」

ミセス・アンネは、そう言うと階段をゆっくりと降りていった。ハナちゃんは、部屋にあるシャワールームでお湯を浴びながら、いい香りのシャンプーや、タオルの甘い柔軟剤の香りに包まれて、ほっとリラックスした。お風呂から上がると、ベッド傍のランプをつけて、寝転びながら今日の学びのポイントをノートにまとめた。心地よい達成感と疲労感がハナちゃんを包みこみ、いつの間にか眠りに落ちていた。

第4章

客室乗務員になるために大切なこと

「おはよう！　ハナちゃん！」

眩しい光が窓から差し込み、緑がキラキラ揺れている。

「おはようございます…」

寝ぼけまなこで伸びをしていると、ハッと思い出した。そうだ！　私は今、欧州のミセス・アンネさん宅にいるんだ！　あ～寝すぎた！　時計に目をやると10時を指していた。

スチ子さんは、ゆったりと窓を開けながら
「よく眠れてよかったわ。どこでも、よく眠れるのは、客室乗務員の仕事をする上で、とっても大事な特技よ」

とウィンクをしながら、ハナちゃんをフォローした。


ハナちゃんは、昨日一日で学んだことを思い返していた。客室乗務員になるための秘訣を教えてもらい、どれも絶対にとりこぼさないと真剣だったけれど、気をぬけば、忘れてしまいそうで怖かった。でも、一番大切な何かを心の奥底で掴み取ったような気がして、不思議な安心感のようなものを感じていた。

そう思ったら急にお腹がグーとなりはじめた。階段の下からは、美味しそうなコーヒーの香りが漂っている。

「いい香り。朝の香りって、国によってこんなにもちがうんだ」

ハナちゃんは、思わずつぶやいた。階段を下りると、見たことのない男性が座っている。

誰だろう？　と考える間もなく男性が近寄ってきた。

「Hi, Hana! Nice to meet you. My name is George」

ミセス・アンネの甥っ子で、ジョージという名の男性だった。ジョージは、中東の航空会社でＣＡとして働いていて、フライトで滞在中に遊びに寄ったのだという。

朝から笑顔が眩しくハイテンションのジョージに圧倒されながらも、二人は自己紹介を交わした。

「あなた、客室乗務員になりたいんですってね。私も、秘訣を教えちゃおうかな？」

とウィンクされると、ドキドキしてスチ子さんに助け舟を求めるように目線を送った。

今まで会ったことがある男性とは少し様子がちがって、とても上品な話し方をする。

スチ子さんは、コーヒーカップをハナちゃんの前に差し出すと、ほほ笑みながら話した。

「ジョージはね、恋愛対象が男性なの。私のかつての教官や同僚にもたくさんいて、美容のこと、サービスのこと、いろいろ親身に教えてもらったの。日本では男性は『こうあるべき』というのがとても強いけれど、それに捉われず、すごくサービス精神があって、美意識も高いから、ハナちゃんもいろいろ学ぶことがあると思うわ」

「仲良くしてね！　ハナちゃん♡」

見た目とはギャップがあるけど、なんだか親しみやすい。

「さてと、ハナちゃんが帰国するまであまり時間がないわ」

そう言うと、スチ子さんは、腕まくりをして先を急いだ。

客室乗務員になるための素質とは？

「ハナちゃん、昨日は、『敵を知り、己を知れば百戦危うからず』という話をしたわね。今日は、客室乗務員に求められる『素質』について話をしようと思うの。素質という言葉は聞いたことがあるかな？」

ハナちゃんは、知っているようで、この言葉の意味がよくわからなかった。

「素質とはね、辞書では『生まれつきもっている性質』と書いてあるわ。私はね、今まで、アジアの航空会社、そして欧州の航空会社で20ヶ国以上の同僚たちと仕事を一緒にしてきたわ。みんな、容姿も違えば、生まれ育った国も、文化も、風習も、言葉だってちがう。当然、コミュニケーション能力のスキルも高い人から、ほどほどの人、サービスが早い人から、ゆっくりな人、外国語が何ヶ国語も話せる人から、英語がさほど得意でない人まで、本当に様々な人がクルーという仕事をしているの。でもね、それほど、多種多様なのに、**客室乗務員は、ある共通した『素質』をもっていることに気づいたの。**それは、三つあるのだけど、何かわかるかな？」

そういうと、スチ子さんは、ノートにすらすらと書きはじめた。ノートを覗き込むと、こう書いてあった。

＜客室乗務員がもつ3つの素質＞

・人とかかわることが好き

・人を助けることが好き
・相手の気持ちになって感じることができる

あれ？　想像以上にシンプルだ。ハナちゃんは、そう思った。

その顔つきをみて、すかさず、スチ子さんが付け加えた。

「ね、意外とシンプルで驚いたかしら？　知識、教養、立ち振る舞い、コミュニケーション能力の高さ、そういったものは後からでも習得できるものよ。でも、

・人とかかわることが好き
・人を助けることが好き
・相手の気持ちになって感じることができる

という素質は、後天的に身につけることが難しいからこそ大切なの。逆にいえば、そういった素質さえあれば、スキルや能力は、あとからいくらでも補っていけばいいの。ハナちゃんは、その素質が十分にあるように思うのだけど！」

とスチ子さんが微笑みながらウィンクをした。

すると、ジョージは、間髪いれず

「私は、その素質の塊みたいなものよ！」

とユーモアたっぷりに笑った。ハナちゃんを見つめる眼差しは、まるで過去の自分を見るかのようなエールをこめた温かさだった。

スチ子さんが話しはじめようとするのをさえぎるかのように、『私に任せて！』という相槌でジョージが話しはじめた。

「ねぇ、ハナちゃん、客室乗務員として働き出すとまず驚くのは、一度のフライトで、いかに多くの人と接するかということ。大きな飛行機であれば、最多で４００人ものお客様にお会いすることになる。そんな状況でお客様に快適に過ごしていただくには、

お客様と接するのが好きであり、
お客様が望むことを察することができ、
お客様のためになることを進んで行う

そういう姿勢なの。語学力が高くても、コミュニケーション能力があっても、この素質がなければ、どんなに磨かれたスキルも無用よ！　実際に、私の航空会社でも世界中の同僚が働いていて、それぞれのスタッフの個性は、千差万別。けれど、人と接することが好きであるということは共通しているわ」

ジョージは、役に立ちたいとばかりに、饒舌に経験談を話しはじめた。

「そうなんですね！　人と接することが私は好きだと思います！」

ハナちゃんは、ジョージのテンションに負けないくらい、はりきって答えを返した。

二人のやりとりを微笑ましそうに見守っていたミセス・アンネは、ゆっくりとした口調で話しはじめた。

「私は、面接官として、世界中の候補者の方たちとお会いしてきたわ。面接官の多くは、もともと客室乗務員として空を飛んでいた人、あるいは、現役の乗務員ということも多いの。そうした空を飛んできた経歴をもつ面接官だからこそ、**同僚として、一緒に働けるのか？**　という視点をとても大切にしているわ。そして、面接という、応募用紙からは伝わってこない『その人』が見えてくる場で、客室乗務員の『素質』すなわち、人と接するのが好きであり、進んで助けることができるか？　ということを、ちゃんと見ているものなのよ」

「好きかどうかは、わかってしまうものなのですね」

ハナちゃんは、この話を聞いたら、きっと世界中の客室乗務員になりたいと願っている人たちが、希望を持つだろうと感じていた。自分には、スキルがないとか、能力がないかもしれないと、あきらめてしまっている人は、きっと大勢いる。

ハナちゃんも、スキルや能力がないとあきらめていた一人だ。でも、ミセス・アンネは何よりもまず「素質」があれば、大丈夫なのだと教えてくれた。能力やスキルは磨けばいいのだと。逆に「好き」という気持ちは、それほど、大切でパワーがあるのだ。できることなら、この話を今すぐにでも、同じ夢をみる同志たちに教えてあげたいと思った。

ミセス・アンネはこう続けた。

「その素質や好きという気持ちがなければ、あなたはきっと今、ここにはいなかったと思うわ。だから自信をもちなさい」

ハナちゃんは、自分を肯定されたような気がして、いつの間にか頬からボロボロと涙がつたっていた。

自信がない自分が嫌いだったけれど、もっと私は私に自信をもっていいのかもしれない。

涙目のハナちゃんを見ると、ジョージは、すかさずポケットから清潔にアイロンがかけられたハンカチを取り出し、今は何も言わなくてもいいのよという表情で、ハナちゃんに差し出した。


人をサポートするのが好きという素質は、能力やスキルよりも、もっと大切。

絶対に磨いておきたい2つのスキル

ハナちゃんは、自分には『素質』があるのだと言ってもらえて、心の奥の炎に火がついた。私は、きっと客室乗務員になる。そう思った瞬間、聞きたい質問が湯水のように溢れてきた。

「でもスチ子さん、『素質』が大切とは言っても、磨いておいた方がいいスキルや能力ってきっとたくさんありますよね？ 準備することが山積みのようで、正直、不安なんです」

「不安な気持ち、あるわよね。でも大丈夫！ 心配はいらないわ。ほとんどは、入社してから覚えたり、経験の中で学んだりすることも多いわ。でもそうね…仕事をはじめる前に、この2つは絶対に磨いておいた方がいいと思うスキルがあるの」

「それはなんですか？　ぜひ、教えてください！」

ハナちゃんの前のめりな姿勢に、スチ子さんはうれしそうに笑った。

（1）語学力

「まずは、語学力よ。当たり前のようだけれど、語学力はあって絶対に損はないわ。特に外資系の客室乗務員になりたいという夢があるならば、磨くことを意識してほしいな。語学でもいろいろな言語があるけれど、まずは英語力をつけること。そして、もし語学が好きならば、他の外国語も身につけられたら、もっと有利になると思うわ」

とスチ子さんはウィンクした。

「英語力でさえ自信がないのに、他の言語なんて…」

ハナちゃんは、目を真ん丸くした。難題をさらりと簡単なように聞こえさせてしまうスチ子さん、恐るべし。そういえば、スチ子さんと機内で出会ったとき、英語を話していたかと思えば、今度は同僚のクルーとスペイン語で会話をしていたりと、変幻自在に語学を操っていた姿を思い出した。

「あの私、英語は好きなんですけど、語学力には本当に自信がないんです。こんなレベルの語学力で応募していいのか？　帰国子女とかそういう人じゃないと、無理なんじゃないかって…落ち込んでしまいそうになります」

「そっか、そうだよね。その気持ち、本当によくわかるわ」

まるで過去の自分を思い出すようにスチ子さんは頷いた。

「実はね、ハナちゃん、私も同じことで悩んでいたことがあるのよ。大丈夫、私に任せて！」

「え、スチ子さんが…？」

スチ子さんは、けなすどころか、いつも気持ちに寄り添ってくれる。

「私も、実は帰国子女にとても憧れたことがあってね。子供の頃に海外で暮らせているなんて、すごくラッキーだな、なんて、嫉妬したこともあったわ。でもね、日本にいても、語学力はちゃん磨かれるの。その方法を教えるね」

語学力をつける5つの秘訣

「私は、これまで4ヶ国語を学んできたのだけれど、これから話す5つのステップを実践すれば、必ず語学力がつくわ」

ハナちゃんは、ドキドキしながら5つのステップを実践しようと心に誓った。

①第1ステップ・明確な目標値を決める

「よく、語学力を上げたい、ペラペラになりたい！　といいながら、何年も語学ジプシーになっている人もいるわ。上達する人とそうでない人のちがい、ハナちゃんにはわかるかな？」

「えっと…モチベーションですか？」

「モチベーションも大切よ。**でも、一番の理由は、目標が『あいまい』すぎて、何をしていいかまで落とし込めていないからなの。**旅にたとえると、世界旅行でも、極寒のアラスカにいくのと、常夏のハワイにいく場合では、まったく準備することが変わってくるわよね？

同様に、語学学習でも、どこを目指すかで準備は変わってくるわ。

だからこそ、語学力を磨くための、最初のステップは『**明確な目標値を決める**』ということなの。そうすれば、おのずと何をすべきかが可視化できるようになるわ。つまり、どんな準備をすればいいか、はっきり見えるようになるの」

「なるほど…確かに、私もペラペラになりたいって、憧れていたけど、現実にはなかなか動きだせなかったんです」

「そうよね、明確な目標がないと、どんなにやる気があっても、挫折しやすいわ。なぜなら『こうなりたいという理想』が見えたときに、つまずきやすいポイントとして

・何をしたらいいかわからない

という心理が働いて、せっかく成し遂げたいことが見えても、歩みを止めてしまうことが多いの。そうならないためにも、明確な目標値を決めること。そして、具体的に何をしたらいいのか？　という『行動レベル』にまで落とし込むことが大切なの」

「でも、スチ子さん、明確な目標ってなんですか？」

「いい質問ね！　明確な目標とは、言い換えると『数値化』できる目標のことよ。例えば、ＴＯＥＩＣ〇〇点、英検〇級のようにね」

「なるほど、じゃあ私はＴＯＥＩＣ満点の９９０点を目指します！」

「ふふふ、いい意気込みね。でもねハナちゃん、目標の設定にもちょっとしたコツがあるのよ。それはあまりにも高すぎる目標をいきなり設定しないこと。なぜなら、まだまだ、全然足りない…と途中でやる気を失ってしまいがちになるからなの。だから、届きそうな目標よりちょっと下くらいを設定するのがコツよ」

「へへへ…つい欲張って焦っちゃいました…」

「いいのよ。意気込みは大切。でも、人は『できた！』という満足感があると、さらに前に進むエネルギーが湧いてくるもの。焦らないことが大切。少しずつ登っていけばいいのよ」


語学力を高める第一歩は、ペラペラになる！ という曖昧なものではなく、数値化できる明確な目標を立てることからスタート。

②第2ステップ・期限を決める

「そして、目標を決めたなら次に大切なことは『**期限を決める**』こと。ある有名な漫画家さんと食事をしたときに、こんなことを呟いていらしたの。

『期限がなければ、僕の漫画は一生書き終わらないんですよね〜』

とても売れっ子の漫画家さんだったから、好きな漫画をノリノリで書いているとばかり思っていたわ。**けれど、実際に何かを形にするときには、熱量と時間が必要だよね。**もし『期限』がなければ、他のことに気をとられて、いつまでも先延ばしになってしまうわ。誰だってそういうものよ」

「確かに、夏休みの宿題だって夏休みの終わりという『期限』があるから、やり終えてました。そうじゃなかったら、ずっと友達と遊んだり、ゴロゴロしていたと思います」

スチ子さんは笑いながら、

「期限を決めることで『完了』させることが『いつか』で終わらせないコツね」とウィンクした。

「スチ子さんは、1年間アジアに留学をしたことがあると言ってましたよね、どんな『期限』を作ったんですか?」

「そうね、私が留学したときは、1年後に帰国が決まっていたので、後戻りができないように、1年後の語学テストに先に申し込みを済ませておいたわ」

「え! シビヤですね…」

「大変そうに聞こえるかもしれないけれど、実は期限を決めて取り組む方が心は遥かに楽なの。『いつか、いつか』と思っている方が、心はさまよってしまって苦しいわ。**期限を決めることで、いつまでに、何を、どれくらいすればいいかが見えてくるの。**見えてたら、あとはやるだけだからね」

「そうか、確かに…やりたいと思っているのに、何も進んでいないと妙な焦りみたいなものがあります」
「ええ、そうよね。自分で決めたことを『やっている』という感覚は、すごく大事なの。充実感もあるし、何より自分で決めたことをやっているという自信も育んでくれるからね」

期限がなければ、永遠に終わらない。期限を決めることで、やることが明確になり、気持ちも楽になる。

③第3ステップ・学ぶ方法を検討する
「次は、定めた目標を期限までに、どうやって達成するか？　その方法を洗いだしてほしいの。語学を学ぶには、ざっくり5つの方法があるわ。

- 独学
- 学校（国内）
- 海外留学

●ワーキングホリデー
●オンライン

この中から、それぞれのメリット・デメリットをみて、今の自分にとって、ピンとくるものを選んでみるのもいいわね。

●独学
本やNHKラジオ講座、映画、アプリなどを使って自分で勉強する
メリット
・自分のペースで学べる
・コストが低い
デメリット
・自分でやる気を保つ必要がある
・上達がわかりにくい

●学校（国内）

メリット

・学ぶモチベーションが保ちやすい

・仲間ができる

デメリット

・費用が高い

・通わなければならない

●海外留学

メリット

・環境に身をおくことで集中して学べる

・海外と関わる肌感を得られる

デメリット

・費用が高い

・日本から離れるので家族や彼氏と遠距離

●オンライン

メリット

・海外の先生と日本にいながら話せる

・海外留学より費用が安い

デメリット

・肌感が感じにくい

人それぞれ、予算や時間の関係があると思うから、調べながら今の自分に合うものを選んでみるといいわね！」

目標を期限までに達成するために、自分にあった「手段」を検討しよう。

④第4ステップ・ツールを揃える

「ハナちゃんは、本屋さんの『語学コーナー』には行ったことがあるかな？」

「はい、あります。でも、あまりの種類の多さに呆然としてしまったんです。結局、本の中身をチェックしているうちに疲れてしまって、何も買わず帰ったこともあるくらいです」

「そうよね、教材を選ぶのにも一苦労よね、でも心配はいらないわ。最適な教材を簡単に選べる方法があるわ。それはね、自分が決めた目標に応じて教材を選ぶということなの。

例えば、航空会社の応募基準であるTOEIC600点以上を目指すと決めたとするよね、そしたら、TOEIC600点突破の教材に絞って見比べてみるの。そうすると最適な教材を選べるわ。

それと同じように、例えば、語学学校に行くと決めた場合にも、**自分の『目標』を軸にするとよい選択ができるの**。ひとえに学校と言っても、ビジネス英会話を目標とするクラスもあれば、日常会話を目標とするクラスもあるわよね。こうして、目標を軸に「選ぶ」ことを意識するだけで、ぐっと最適な選択ができるようになるわ」

目標を軸にして、最適な学習ツール（環境）を整える！

⑤第５ステップ・毎日、定量をやる

「ツールが揃ったらあとはやるだけよね？　でも、日によって予定が詰まっていたり、気分が乗らなかったり、生きていたらいろいろあるわ。そうすると、しっかりと計画を立てていても、その通りに進まなくて、途中で投げ出したくなるという経験はない？」

「なぜ、それを…」

ハナちゃんは、計画を立てるのが大好きで手帳を持ち歩いている。けれど、計画をぎっしりと立てて、その通りに進まないとイライラして投げ出してしまう癖があった。

「気にしなくていいのよ。オススメはね『定量を決めてやる』という方法よ。このやり方は堀江貴文さんの『ゼロ』という本の中で、東大に入るための受験勉強の方法として紹介されていたものよ。

例えば、テキストなら1日○○ページ、時間単位なら○○時間だけやると決めてしまうの。そうやって、**何かを成したいときは『定量』を決めて毎日『少しずつ』を積み重ねていく方が、びっしりと計画を立てるより、続けやすかったりするものなの。**

実際に私も語学を勉強していたときには、一日1時間と決めて机に向かうことを決めてみたわ。やる気がでない日も、ひとまず一日の中のどこかで1時間。幅をもたせることで、たとえ少ない時間でも無理なく続けることができて、1年経った頃には、とても上達していたの。365日、少しずつ語学に触れた効果よね。

ただし、どんな時でも無理は禁物よ。疲れがたまっていたり、大切な約束があったり、どうしてもやる気がでないときだって、人間なら誰にでもあるわ。できない日があってもまた翌日はやる、それくらい気楽に続けてみてほしいの」

「そんなやり方があったんですね。私は手帳に細かすぎるほど、計画をびっしり立てていたんです。でも3日目で嫌になってしまって…一日の中の1時間と決めたら、通学や隙間時間に音声を聞いたり、問題集に目を通したりすることもできそうです。なんだか肩の力が抜けました！」

細かすぎる計画より、一日定量をやり続けることを意識する！

（2）コミュニケーション能力

客室乗務員になるために、絶対磨いておきたい二つのスキルの一つ目「語学力」をのばす方法については、わかってもらえたかな？

「はい！　上達するイメージがわいてきました！」

ハナちゃんの素直さにスチ子さんは一生懸命、応えるようにまた話し始めた。

「客室乗務員になるために絶対磨いておきたいスキルの二つ目は、コミュニケーション能力よ。コミュニケーション能力とは、簡単にいうと

『対人間での情報共有、意思疎通をスムーズに行える力』

と言えるわね。飛行機は、年齢層も国籍も多様なお客様が搭乗されるわ。その上、旅行にせよビジネスにせよ、慣れない場所へのフライトは『期待と不安』が入り混じっている状態よ。そんな状況だからこそ、客室乗務員のコミュニケーションが豊かであれば、お客様には機内でホッと寛いでいただくことができるわ」

確かにハナちゃんにも身に覚えがある。はじめて両親と離れてアメリカ行きの飛行機に乗ったとき、とても不安だった。そんなとき、客室乗務員の女性が気にかけて、声をかけてくれた。それによってひどく安心したことを覚えている。

コミュニケーション能力を磨くコツ

「では、さっそくハナちゃんに質問。どうしたらコミュニケーション能力が磨かれると思う？」

「うーん、私の場合は、初対面の人を目の前にすると、どんな『話題』にしようか？　と緊張してしまって、ついつい黙ってしまいます」

「そうよね、はじめて会う人と話すときって、何を話していいかわからないわよね。私が新米のＣＡだったときも、お客様とどうコミュニケーションをとったらいいのか？　と同じ壁にぶつかったわ。そんな時ね、本屋さんで偶然手にとった本に大切なヒントが書かれてあったの。

その本は『サービスを超える瞬間』というリッツ・カールトン日本支社の元社長であった高野登さんのご著書で、コミュニケーションにおける『ある思いこみ』に気づかせてもらったの」

「思いこみ？」

「ええ、本にはこう書いてあったわ」

■日本のサービス産業のなかには、まだまだ、お客様は雲の上の存在で、サービススタッフは下からお仕えするもの、という認識が強く残っているのを感じます。
「こちらからお客様に話しかけたりしては失礼ではないだろうか」と考えてしまう習慣が残っています。
※この文章は本からの引用

「でも、本当は、言葉を交わすことによって、お客様に対する理解が深まり、さらに自分の気持ちを直接お客様に伝えることによって、より上のレベルでの信頼関係が築かれていくのだ。というようなことが書かれていてね。

この高野さんの言葉に大きな勇気とヒントをもらった私は、それ以来サービスの合間をみて、機内のお客様に話しかけてみるようにしてみたの。するとそれは驚くような効果をもたらしたわ。さっきまで、仏頂面をしていたと思ったお客様が、お話を伺うことで、とても嬉しそうな表情に変わり、その笑顔をみて、心が通ったような温かさを感じることができるようになったの。

さらに、思いもよらない人生のストーリーに触れたり、生き方に感化されたり、**自分の内側がどんどん豊かになるような体験をさせてもらえた。**そして、気がついたら、自然とコミュニケーションが得意と思えるようになっていたわ。

つまり、まとめるとね、コミュニケーション能力って、相槌を打つとか、話を聞くとか、一見テクニックのように思えるけれど、それ以前に大切なことがあって、

まずは第一に、お客様に話しかけてもいいのだという許可を自分に与えてあげること。

その上で、上手に話そうとか、おせいじを言おうとか、無理するのではなくて、相手に素朴な興味をもって話しかけてみること。それがコミュニケーション能力を磨くスタート地点なんだと思うの」

ハナちゃんは、意外な気持ちでスチ子さんの話を聞いていた。スチ子さんがコミュニケーション能力について、悩んでいたことがあったなんて、まるで嘘のようだ。どんなにうまくやっているように見える人でも、実は、見えないところで、壁にぶつかりながら、乗り越えてきているのかもしれない。

スチ子さんは、まだまだ伝えたいことがあるとばかりに口早に話を続けた。

「だからね、日常でも遊び心をもちながら、コミュニケーションの練習をしてほしいなと思うの。客室乗務員の仕事のみならず、私たちの日常生活の中にも、実はたくさんの機会があるわ。例えば、コンビニの店員さんや、宅配便の配達員さん、タクシーの運転手さん。出会いの中で**『相手に興味をもってみる』**ことからコミュニケーションをはじめてみるの。できる範囲で積み重ねていくと、いろいろな場面を経験して、いつの間にか自然とコミュニケーション能力が高まっていくものよ。

コミュニケーション能力は、相手に興味をもち、話しかけてみることで磨かれていく。

その日の夜は、みずしらずの自分にここまで良くしてくれた三人に、少しでも、お礼の気持ちを伝えたくて、ハナちゃんは得意のカレーをふるまった。ミセス・アンネ、スチ子さん、そしてジョージ。年齢も国籍もちがうけれど、居心地がよくて時間が過ぎるのを忘れておしゃべりに夢中になった。気がつけば窓の外は真っ暗になり、遠くではフクロウが鳴いていた。

コラム

海外経験してみませんか？

将来ＣＡになりたいというあなたにとって、海外での滞在経験をもつことは想像以上に多くをもたらしてくれると思います。学校の休みや、会社の有給、または休職制度などを使って、短い期間でも、海外に行ってみることで、思いがけない扉が開かれるかもしれません。

１日２ドル以下で暮らしている人が世界の人口の半分。数字を見れば、自分の稼いだアルバイト代で、海外滞在できてしまう可能性がある国は、世界には少なく、海外に行けるなんて、夢のまた夢だという若者の方が世界には圧倒的に多いです。生まれながらにして与えられたチャンスを掴んでみるのはどうでしょうか？

●海外経験をする三つのメリットとは？

①語学が短期集中で身につきやすい

まずは、語学が短期で身につきやすいということ。話す環境を強制的につくることは、語学上達の鉄板。現地に行ったらできるだけ、日本人ではなく、現地の友達を作り時間を過ごすことで、語学力は圧倒的に伸びます。人は、環境に大きな影響を受ける生き物。たとえ短い期間であっても、帰国してから語学学習を継続するモチベーションにもなりやすいものです。

②肌感を身につけれる

海外へ実際に行ってみることで、肌感が身につくことがあります。これは数値化できるスキルではないけれど、異文化コミュニケーションをする上で肌感があるかないかは大きな差になります。例えば、挨拶一つにしても、国によって距離感やアイコンタクトのかわし方もちがうように、日本とはちがう国での雰囲気を肌で感じてみることは、上質なコミュニケーションに必ず役に立ちます。

③自信がつく

自分の母国から離れるという経験は、自分に大きな自信を与えてくれるものです。家族や友人と離れて、新しい環境の中で必死に慣れようとするうちに、自ら状況を切り抜ける力が養われることもあります。滞在先は、英語圏として思い浮かぶアメリカ、カナダ、イギリス、オーストラリア以外にも、フィリピンなど日本から近く、授業料もリーズナブルな国もあるので視野に入れてみるのも。また、英語以外でも、中国語やスペイン語など、自分が学びたい語学に触れることができる環境を選ぶのも選択肢の一つです。

●では、次に、どうやって海外にいくか？

海外に滞在する方法は、大きく分けて4つあります。予算や希望に応じて、海外滞在する方法を検討してみると、思いがけず海外への扉が開くかもしれません。

①海外留学
②ワーキングホリデー

③インターンシップ
④旅

①海外留学
私自身は、最初は英語圏への留学を考えていましたが、思いがけず中国への留学が決まりました。留学した当時は1年の授業料（毎日3時間の中国語授業）が20万円ほど。留学だったので語学学習に集中でき、中国人の先生とルームシェアをして、午後は学生と一緒に語学を教えあうなどした結果、1年で中国大学入学レベルのHSK7級を取得できました。語学学習に全力でエネルギーと時間を費やせるのが留学の良さです。

②ワーキングホリデー
私の夫の話にはなりますが、29歳の時、アイルランドに一年ワーホリで滞在し、その時の予算は50万円ほどでした。午前中に英語の授業を受けて、午後から中華料理屋で皿洗いや料理をつくるアルバイトをして、生活費を賄いながら、英語の勉強もできて一石二鳥。合法で現地で働くことができ、予算が少なくても海外に行けるのが、ワーキングホリデーの良さかもしれま

せん。

③インターンシップ

私自身の事例でいうと、大学3年生のとき、中国の広告会社でインターンシップを経験しました。知り合いのつてで紹介してもらったのであまり参考にはなりませんが、社会人の場合は、専門性があるとチャンスは大きいと思います。学生であれば、カナダのモントリオールに本部を置く海外インターンシップの運営を主幹事業とする世界最大級の学生団体「アイセック」の日本支部を通じて、インターンに申し込んでみる方法もあるようです。

④旅

言うまでもなく、最も気軽で簡単に海外滞在ができる方法ですね。近年は格安航空券も多いので国内を旅行するような感覚で海外行きのチケットを予約することができます。なにはともあれ、一週間でもいいので気になる国へ旅にでてみることで、新しい可能性が開かれていくかもしれません。

第5章

夢のステージへ
ワープする方法

今朝は、外の雨音で目が覚め、ハナちゃんは、傘をさして誘われるように庭にでた。草木の香りがあたりを覆っている。いつかこの日のことも思い出になる。

「ずっと忘れたくないな」そう小さくつぶやくと、寂しさを紛らわすかのように深呼吸をした。帰国は、明後日に迫っていた。

「あら、ハナちゃん、おはよう。早いわね！」

振り向くと、部屋の窓からスチ子さんが手をふっている。

「ねぇ、ハナちゃん、朝の散歩、一緒にどう？」

一分一秒でも、スチ子さんとの時間を過ごしたいと思っていたハナちゃんは、小雨の中、散歩にでかけることにした。

決断はNEXT次元へあなたを連れていく

雨に濡れた石畳の上で、転ばないように、ゆっくりと二人は歩いた。5分ほど歩いていくと、突然大きな森が現れた。太陽に照らされ、雨の滴が木の葉っぱの上でキラキラと輝いている。きれいに舗装された森の散歩道は、朝の清々しい空気にあふれていた。遠くには、老人夫婦が手をつなぎながら、ゆっくりと散歩している光景がみえる。微笑ましそうな表情で、スチ子さんはゆっくり話をはじめた。

「私ね、子供の頃から、歳を重ねても、手をつないで歩く夫婦って素敵だなと思っていたの。この国に暮らしはじめてからは、もう当たり前の光景になったのだけれど、散歩していると、ふといつも思うことがあるの。それは『客室乗務員になる！』と決断していなければ、こんな光景を見ることも一生なかったのかなって」

「決断ですか…」

「うん、決断って、**次元を変えるタイムマシーンのようなもの**だと思っていて」

「タイムマシーン？」

「そう。ちょっと大げさに聞こえるかもしれないけど、どれだけ情報を集めて、戦略を立てたとしても、決断をせずに何かを変えるというのは不可能なの。絶対に手にしたいんだ！　という決意が自分を理想の未来へと連れて行ってくれるような感覚かな」

「『決める』ということがちがいを生むということですか？」

「そうだね、多くの人が混同しているのは、願望と決断のちがいだと思うの。願望と決断、この差はなんだと思う？」

「…う～ん、考えたこともないです」

●「願望＝こうなりたい」は夢を見ているだけの状態
●「決断＝こうなる」は夢への一歩を踏み出している状態

この2つの間には、地球一周分くらいの大きな差があるの。夢を見ているときは、こんな風になったらいいなと頭の中で妄想している世界よね。決断したら、それに向けて、具体的に『行動』することが見えてくるわ。その行動は、今まで自分がやってきたことの範囲を超えていることが多くて、未知のことだらけ。だからこそ、怖さを感じたり、面倒くさかったりする。そんなときに、決断は、自分との約束を守るために、自分を奮い立たせることができる。**つまりね、決断は『怖さ』や『面倒くささ』を乗り越える力を与えてくれるの。**たとえ、願望からはじまった夢も、ある段階では、実際の一歩へと踏み出す『決断』へとジャンプすることがとても大切よ」

ハナちゃんは、スチ子さんの話を聞きながら、お兄ちゃんのことを思い出した。2歳年上のお兄ちゃんは、甲子園にでるという目標をもっていて、毎日学校終わりにも、練習に明け暮れる日々。『お兄ちゃんは、もっと学生生活を楽しめばいいのに』と密かに思っていた。

「スチ子さん、私のお兄ちゃん、甲子園に出る！　という夢があって、毎日筋トレや素振りをする時間を必ずとっているんです。本当はダラダラしたい、遊びたい、楽したいという気持ちがあるはずなんです。でも、今わかりました。お兄ちゃんは『甲子園にいく！』と決断していたんですね。それが、やる気が起きない日でも走ったり、練習したりするという行動を支えていた秘訣だったんだ」

スチ子さんは、微笑んだ。

「決断は、自分の夢を叶えるために、目の前の『面倒くささ』や『怖さ』を乗り越えていく力を与えてくれるわ。決断は、一見『楽』ではないかもしれない道でも、自分の夢に向かって、歩いていけるように支えてくれるのかもしれないね」

「願望」と「決断」は別のもの。「決断」は、あなたの叶えたい未来である、次の次元へとあなたを運んでくれる。

夢を叶えるための脳の上手な使い方

「決断したら、夢の50％は叶いはじめていると私は信じているの。なぜなら、決断によって、夢への一歩を踏み出したとき、今まで見えてこなかったことが見えるようになるからよ。脳の特性でね、**人は自分が意識を向けたことをこの世界に見るという特性があるの。**

例えば、有名な実験で『今日一日、赤いものを見つけてください』という指示をすると、赤いものが、こんなに身の回りにあったのか！　と驚くほど、たくさんの赤いものを見つけることができるというものがあるわ。

これは『カラーバス効果』と言って、ある特定のものを意識し始めると関連情報が自然と目に留まりやすくなる心理効果のことなの。

もともと、赤いものは、身の回りにたくさんあったにもかかわらず、意識していなかったために、脳が認知するのをスルーしていた、ということよね。

だからね、決断をして夢への一歩へと踏み出してみると、驚くほど自分の夢を叶えるための情報がどんどん入ってくるようになるの。ちょっと不思議かしら？　でも、意識していようといまいと、**脳は自分が決めたゴールに向かって最適な情報を集めてくる**という法則を使わなきゃ、損よね」

「脳ってすごいんですね……」

それにしても、スチ子さんは、なぜ、こんなにも夢を叶える方法を知っているんだろう。ハナちゃんは、不思議でたまらず、質問してみた。

「それはね、私が人生でそれだけたくさん壁にぶつかってきたからかな。その度に、たくさんの本や、実際に出会った世界中の人たちから『うまくいく奥義』を教えてもらったのよ。だから、今度は、私が必要な人に与える番だと思っているの」

笑うと小さなエクボができるスチ子さんの眼差しには、嘘のないまっすぐな優しさがあふれていた。

「ねえ、ハナちゃん、少し雨宿りをしていかない？」

スチ子さんが指差す方をみてみると、路地の先に古めかしい教会が見えた。

「ここは、青の教会という名でね、この教会のステンドグラスは、フランス人の画家・シャガールが90歳を超えた晩年に手がけた建築物なの」

扉をあけると、教会の静寂の中に、湿った冷たい空気を肌で感じた。そこには、真っ青なステンドグラスに陽光が差し込み、言葉を失うほどの青の世界が広がっていた。

無意識の領域に繰り返しインプットする

礼拝席にそっと腰かけると、スチ子さんは、祈るような小声で話しはじめた。

「ハナちゃん、外の世界に自分の望む現実を作り上げるときには、まず、自分の心の中に『ほしい未来を描くこと』がスタートよ。まるで、心の中にある自分だけの美術館に自分が見たいと願う『未来の絵』を飾るような感覚ね。

この美しい青の教会のステンドグラスが人々の目の間に『現実として』現れるよりずっと前に、まず、シャガールの心の中に、『こういうものをつくろう』というイメージが生まれたはずよ。

望む現実をつくるのが上手な人は、実は、その望む未来を深く自分の内側にインプットできている人なの」

「自分の内側にインプットというと？」

「フロイトという精神分析家の偉大な発見を知っているかな？　人間の意識には二つの領域、すなわち、顕在意識と潜在意識があって、望む現実をつくるのが上手な人は、知ってか、知らぬか、潜在意識を活用しているということよ」

「潜在意識の活用？」

ハナちゃんは、聞いたことのない言葉を理解しようと、懸命に耳を傾けた。

「潜在意識とは、一言で言うと、『自覚されていない意識』のことなの。あまり深くは触れないけど、夢を叶えるために、知っていてほしいことはたった一つよ。『**潜在意識は、繰り返し受けてることを、真実だとみなす特性がある**』だから、意識的に私はこんな未来を望んでいます！　ということを脳にインプットし続けてあげることが望む現実をつくる上で大切な鍵の一つなの」

脳に自分の望む未来を、繰り返しインプットしてあげると、実現の可能性が高まる。

「でも、具体的にはどうやってインプットしたらいいんでしょうか？」
「今から、とっておきの3つの方法をハナちゃんに伝授するね！」

①ビジュアライゼーションの力

「一つ目は、ビジュアライゼーションの力よ。ビジュアライゼーションとは、簡単に言うと、自分の望んでいる現実を頭の中で想像することなの。
ハナちゃんは、元フィギュアスケート選手の羽生結弦さんを知っている？

羽生選手が、見事4回転ジャンプを決め、目標だった金メダルを手にしたソチオリンピックには、興味深いこんなエピソードがあるわ。それは、日本からソチへの10時間以上のフライトの機上で、4回転ジャンプのイメージトレーニングを繰り返していたそうなの。

羽生選手は、雑誌のインタビューで、こう語ったそうよ。

『目をつぶると（4回転）サルコウとトウループのことしか頭にありませんでした。（機内で）そのまま寝たので、ジャンプを跳ぶ同じシーンが永遠に繰り返されて、全部跳べていました。機内で身体を休ませながら、やるべきことをやったという感覚です』

そしてその大会で、羽生選手は、本当にメダルを獲得してしまったの。自分が望む未来のイメージを鮮明に頭の中で描くことは、単なるイメージを現実に変えるパワーをもっているのね。

客室乗務員の試験に合格する秘訣もここにあるわ。目を閉じて、頭の中で最高のよいイメージを思い浮かべてみるの。例えば、試験に合格して、颯爽と空港を歩く自分の姿とかね。その場面の音、匂い、光景、肌感、感情などを先取りして感じとることを一日に数分でもいいからとってみると、その効果に、きっと驚くと思うわ」

②ビジョンボード

「もし、頭の中でイメージするのが苦手という場合は、今から話す、ビジョンボードを作ってみることがオススメよ。ビジョン（Ｖｉｓｉｏｎ）とは理想像や未来像の事であり、一枚のボードに将来自分のなりたいイメージに近い写真や言葉をコラージュして貼り付けたものをビジョンボードというの。ビジョンボードのいいところは、脳に自分が向かいたい未来をインプットしやすいということね。私の場合、行きたい航空会社の写真を毎日眺めることができるように、機内誌を持ち帰らせてもらって、飛行機の写真を切りとって、冷蔵庫に貼っていたの。冷蔵庫って毎日見るでしょ？　そうして、無理なく見る習慣をつくることで、自分が何を望んでいるのかを繰り返しインプットしていたわ。

これは信じてもらえるか、わからないけれど、実際にアジアの航空会社で働いていたとき、飛行場で、転職したい欧州の航空会社の機体が、その日に限って真横に駐機していて、なぜかとてもキラキラして見えた日があったの。それで、なんだか気になって、家に帰ったあと、その会社の採用ページをみたわ。するとなんと3年ぶりに採用の募集がはじまっていたの。その直感によって、応募に間に合ったから、私は今ここにいるようなものなのよ。

だから、騙されたと思って、やってみてほしいの。自分が望む未来のイメージ、例えば、飛行機や

ＣＡさんの写真を雑誌から切り抜いたり、住んでみたい海外の部屋のイメージをネットから探してきたり。

紙より電子派の人にオススメなのは、Pinterestというアプリよ。世界中のあらゆるアイディアが探せて、自分の心が踊る未来のイメージを見つけることができるわ」

③アファメーション

「最後に伝えるのは、アファメーションを使う方法よ。

アファメーションとは、なりたい自分になるための、言葉による思いこみづくりのことで、『肯定的な自己宣言』を意味するの。

アファメーションの第一人者として有名なルイーズ・ヘイは、言葉が持つ力について、こう言っているわ。

『日々、あなたの望みを宣言しましょう。もうすでに手に入ったかのように！』

「例　All is well. Life loves me.
　すべてうまくいっている。私は人生に愛されている」

他にも、色々なアファメーションがあるから、インターネットで調べて好きなものを集めてみてね。

私たちは、どうしても、放っておくとネガティブな気持ちの方に流されていってしまうもの。それは、生存本能なので悪いことではないのだけれど、自分の夢を叶えていく上では、意識的に自分に対していい言葉を与えてあげるの。これは、心の栄養になるわ。よいアファメーションを集めて、日々、見返せるようにするといいわね。

以上の３つが、夢を叶えるための上手な脳の使い方よ。わかってもらえたかな?」

「はい！　すごく興味が湧いてきました。真似してやってみます！」

上手に脳の性質を活かして、理想の未来を手にしよう。

ひらめきを無視せず、小さな一歩を繰り返す

「このように、自分の向かいたい方向を決めると、日々、不思議と『いろいろな思いつき』がやってくるようになるわ。

- ●あ、あの本、読みたいな
- ●○○した方がいいかも
- ●あの人に連絡するといいかな
- ●○○調べてみようか?

まるで、自分の夢と神様がつながったように、神聖なるひらめきとして、たわいもない直感や考えが、ふとした瞬間にやってくるような感じよ。そうしたら、それを無視しないで、一つ一つ実行してほしいの。

多くの人は、意味をなさないように見えて無視してしまう。けれど、その直感を頼りに実行してみる人だけが、たどりつける場所があるわ」

ハナちゃんは、シンと静まりかえる教会の神聖な雰囲気の中で、スチ子さんの話にじっと耳を傾けていた。

90歳を過ぎて、この壮大な教会のステンドグラスを手がけたシャガールのエネルギーに触れながら、ハナちゃんは、素直にスチ子さんから教えてもらった方法を試してみようと、心に誓った。

第6章

応募への道のり

客室乗務員になるための魔法の切符とは？

「ハナちゃん、客室乗務員になるという夢へ近づく中で、やることがいっぱいあると思うのだけど、その中で、一番、強烈な夢に近づくためのアクションはなんだと思う？」

「え？」

「**それは、『応募する』ことなの**。私の大好きな物語に『夢を叶えるゾウ』という本があってね、登場人物は、夢を叶えたいけど冴えない青年と、インドの神様・ガネーシャ。青年の夢を叶えるために、いろんなアドバイスを関西弁でするわけ。そのガネーシャのセリフにこんな言葉があるの。

『世の中に、どんだけぎょうさんの仕事があると思ってんねん。しかも、その才能を判断する人、どんだけおる思てんねん。確かに、なかなか自分の才能は見出されんかもしれへん。けどな、それでも可能性を感じるところにどんどん応募したらええねん。そこでもし才能認められたら、人生なんてあっちゅう間に変わってまうで』

応募することは、夢の扉をノックすること。相手が扉を開けてくれるかは、わからない。けれど、ノックしなければ、扉が開かれることは永遠にないわ。

まだ、英語力が
まだ、履歴書が
まだ、今の仕事が
まだ、家族の説得が

いいの、まだでも。すべてがそろうタイミングを待っていたら、夢は、ずっと手の届かない場所にあるわ。**実は、多くの人が夢を見ながら、動けない理由というのは、まだ準備が全部終わってないからと、一歩を踏み出すことを躊躇してしまっていることよ。**

・今働いている会社の仕事が一段落ついたら
・英語力がついたら
・海外にいく準備が整ったら

私も同じように『完璧』になるように準備をしてから『応募』しようと思っていたわ。

だから、夢へ近づく一番の肝となる『応募』することをずっと先送りしていたの。

でもね、忘れないで、応募は夢の扉をノックすること。準備がまだでも、自信がなくても『ノック

＝応募』してみるくらい、いいじゃない？」

応募は、夢の扉を開く魔法の切符。

多くの人が応募をしない本当の理由

「これだけ、応募にチャンスがあると頭でわかっていても、それでも心が躊躇したくなることがあると思うの。なぜだと思う？

それは、人は変化が怖いからなの。脳科学の研究によると、人間の脳は『変化』を嫌う性質があってね、変化とは、予期せぬことに備えないといけないから、安心できない。その状態を脳は嫌うの。

例えば、応募して試験を受けるということによって、待ち受ける未来は二つ。

●不採用なら、自分の力不足に傷つく

●採用なら、今の環境を大きく変えないといけない

どちらにしても、これまでの日常の経験の枠の外を体験することになるわ。驚いたことに『いい変化』でさえも、人は心の深いところでは落ち着かずに嫌なものなの。だから頭をよぎる『言い訳』に注意をしておいてね。

●今転職したら、職場の人に迷惑をかける
●周りの人は、きっと賛成してくれない
●まだ英語が不十分

などなど、たくさんの『応募』しない理由を脳は考え出してくる。今までやったことないことは、誰でも怖いわ。けれど、それは脳なりに、自分を守ろうとする『生存本能』みたいなもの。だからこそ、言い訳が頭をよぎったら、まずは、自分の生存本能に感謝して受けとめてあげて。そして『大丈夫、夢を叶えたら、もっと楽しい未来が待っている。一緒に行こう』と声をかけてあげてほしいの。

まとめるとね、夢はいつも、コンフォートゾーン（あたりまえ）の外にある。だから怖いし、不安

や躊躇は当たり前。夢を叶える人には、誰にでもある。と知っておくと、そのゾーンを抜けていく心の準備ができるわ」

「スチ子さんにも、不安や躊躇は、あったんですか？」

「もちろんよ。数え切れないくらいあったわ。例えば、

・職場の人に退職を伝えるのは、罪悪感があるな
・彼氏と遠距離になったら、どうなるのかな
・海外に行って、その先はどうなるのかな

まだ、応募もしてないのにね（笑）受かってもいないうちから『もし…こうなったら』と先のことばかり心配していた。でも、受かってから考えても遅くはないのよね。まだ何もはじまっていないもの。

ハナちゃん、**不安になったら、頭で考えるのではなく、いつ**

でもハートの声を聞くことに立ち戻ってみてね。あなたは、本当はどうしたい？　夢に向かうのは、すべてが未知の世界なのだもの。だからワクワクするし、同時に不安はつきもの。不安とともに、ゆっくり前に進んでみたらいいのよ」

不安で当たり前。脳は変化を嫌うという性質があるんだ、ということを知っておく。

「とりあえず」ではじめる

「ところで、ハナちゃんは、夢を叶えた人のインタビューを聞いたことがある？」

「あります！　番組で事業を起こした人とか、農業をするために移住した人など、そういう夢を叶えた人のストーリーを聞くと元気がでます」

「そうよね、私の好きな本の一つに、モロッコに魅せられて、モロッコの雑貨のオリジナルブランド『ファティマ・モロッコ』を立ち上げた大原真樹さんという女性が書いた本があるの。その著書『女は好きを仕事にする』の扉ページには、こんな言葉が書いてあってね。

「とりあえず、やってみたら？」

大原さんは、36歳ではじめてモロッコの地を踏み、その世界に魅せられ、40代になってから、それまで積み上げたスタイリストというキャリアを手放して、モロッコの雑貨の世界に飛び込んだそうよ。周りからも「頭がおかしくなったの？」と言われながらも、自分のやりたいことを現実にした大原さんのストーリーはどこからはじまったのだと思う？ **それは、この本の扉の言葉『とりあえず、やってみたら？』という軽やかさに現れていると思うの。**

自分の夢を叶えるプロセスって、学校のように細かく時間割や年間スケジュールのようなものを誰も決めてはくれない。採点をしてくれる先生もいない。だから、何をいつはじめるのか？ いつまでにやるのか？ 決めるのはいつも自分になるわ。

・やって意味があるのか？
・やって成果は上がるか？
・こんなんでいいのか？

と考えはじめると、途端に手足が止まってしまう。正解かどうかは、結局やってみないとわからないことだらけ。だからこそ、思いついたことを、とりあえずやってみるの。

私たちってね、学生時代、ほとんどが誰かが決めたことをこなすということに慣れていて、自分で決めてやってみるという経験が少ないの。あるとしたら、夏休みの自由研究くらいだったかも。

だから、自分で決める場合、難しく考えすぎてしまって、なかなか、はじめられないということが起こりやすい。だからこそ、思いついたことを、ハードルを下げて100点でなくても30点でいいから、やってみると、夢に通ずる道が、目の前に現れはじめるわ。

・調べてみる
・連絡してみる
・会いにいってみる
・買ってみる
・申し込んでみる
・体験しにいってみる

もし、大原さんがモロッコから『とりあえず』5足のバブーシューズを持ち帰らなかったら、きっと今のファティマ・モロッコというお店は存在しなかったと思うの。『とりあえず、やってみるか』という軽やかさが、夢の扉を開くということよね。

だから、応募も合言葉は『とりあえず、やってみるか！』

・とりあえず、応募様式をダウンロードしてみるか
・とりあえず、応募書類を一行でも書いてみるか
・とりあえず、面接の日程に有給を入れておくか
・とりあえず、写真を撮りにいくか
・とりあえず…

そうして、とりあえず動いてみると、また次にやることが見えてくる。その繰り返し」

「とりあえず！　で、はじめていいんですね」

「ええそうよ。タイの言葉に『ｔａｍ　ｌｅｎ　ｌｅｎ』というのがあってね、何をするにも、遊び心で行いなさいという意味なの。肩の力を抜いて、とりあえず、やってみるという遊び心を忘れないで

ほしいな」

「とりあえず、やってみるか」という軽やかさが、夢への扉を開く。遊び心を大切に。

損をしないお金の使い方

「そういえば、ハナちゃんは、履歴書に貼る写真を撮影したことはある？」

「あります。アルバイトの面接用に自動カメラ機で撮りました」

「うん、そうよね。私もCAの面接準備をするまでは、自動カメラで千円以下で撮影したものを履歴書に使っていたの。それである日、CAの履歴書についてネットで検索していたら、あまりにもみんな綺麗な写真を使っていて驚いたことがあってね。

　その時、はじめてCAの就活には、いわゆる『専用』の写真を履歴書に貼ることが大事だと知ったの。それまでの就職活動で使っていた写真ではなく、お化粧をしっかりして、髪を綺麗に整え、スタジオで撮ってもらうような写真よね。それで、あわてて、近隣のスタジオに問い合わせてみたの。すると撮影に必要な金額は数万円ほどかかると言われて、実はさんざん迷ったわ。なぜなら千円以下で撮影できる写真に数万円かけるということに対して、本当にそれだけの価値はあるのかな？　と考え込んでしまったの」

「確かに、写真に数万円をかけるというのは、私は経験したことがないから、躊躇してしまうかも…」

「ええ、そうよね。さらに『人間は外見よりも中身が勝負だ！』と思っていたこともあったから、外見をとり繕ったって…という意固地さもあったわ。でも、今思えば、そういう考えが浮かんだのも、**結局『怖かった』のよね**」

「怖かった？」

「人って、不確かな未来に投資をすることって、やっぱり怖いの。だってお金をかけても、無駄になるかもしれないわよね。でも、私の経験では、自分の憧れる未来のために、**お金を投資することは、あとあと思ってもみなかった『パワー』を与えてくれることがあるの**。

例えば、あの時の私は、人生ではじめてスタジオで写真を撮るためにお金を投資したことで、本当にきれいに写真を撮ってもらえたわ。光をあててもらい、プロのカメラマンが撮影し、加工してくれる。さらには、表情も引き出してくれる。これは一人だったら絶対にできなかったこと。その写真のきれいな仕上がりに大きな勇気をもらい、さらには、お金をはたいたからには、もう後には引けない…と応募する強烈な後押しになったの」

お金の投資は、夢の確信度を高めてくれる

「『お金』を投資したことで、素敵な写真を撮ってもらえ、応募する自信をもらった。そして、さらに得たものがあったの。**それは『私にもなれるかも！』という確信度よ。**この確信度って、目には見えないものだけど、実は夢を叶えていくときには大きな追い風になるものなの。

スタジオで撮影をした日、写真館のオーナーが過去の撮影記録を見せてくださったわ。もしかしたら、励みになるかもと言ってね。写真には、同年代のＣＡを目指す女性たちが写っていて、何人もの人が合格して、その後、世界中の航空会社で働いているという話を聞かせてもらってね。不思議な感覚だったわ。みんなここからスタートしたんだなと。遠い世界だと思っていた未来を、実際に叶えた人がこんなにいる。

その体験は、自分にもできるかもしれない！　という確信度を高めてくれた。こうした確信度を高めるためには、自分から夢の周りに近づいて行かなくちゃいけない。その時に、お金は、時として使

うことが必要になってくる。それをケチらずに『投資』として、使えるか。

本当に損しないお金の使い方は、節約することじゃない。**必要な場面では、しっかりとお金と時間を『投資』することだと思うの**」

スチ子さんにもそんな時代があったんだ。。ハナちゃんは、意外だと感じた。どんな人も夢を叶えるために、一つ一つの行動を積み上げている。一夜にしてシンデレラにはならないのだ。

夢へと近づいていくには、時として、お金を投資することが必要。目先の節約より、長い目で自分の人生をよくするためにお金を使おう。

夢を叶えるための時間とのつきあい方

「お金の他に、もう一つ、夢を叶えるために意識的に投資するものがあるのだけど、なんだと思う?」

「…」

「それはね、時間よ。20世紀の天才物理学者：アルベルト・アインシュタインは、こんなことを言ったわ。

『狂気とは、同じ行動を繰り返しながら違う結果を望むこと』

応募をすると決めて、そのための行動をするには、当たり前だけれど『時間』を確保しないといけないわよね？　でも、日々やることがたくさんあったり、仕事をしていたりすると、知らず知らずのうちに、**自分にとって、本当に大切なことに時間を使うことを、後回しにしてしまっていることが多いの**」

ハナちゃんにも、思い当たる節があった。今回の欧州への旅は、本当は大学1年生のときに行く予定だった。けれど、バイトやゼミの課題などをやっているうちに、また来年、また来年と、結局3年生になった今、ようやく旅にでることができた。

「時間を自分の大切なことのために使うという選択を少しづつでもしていけることは、自分にとって大切だと感じられる未来をつくることにつながっているわ。それは、他の誰でもない「ハナちゃん」

にとってのね」

やりたくないことを減らす

「だから、そのために、まずできることは、**時間を確保すること**。時間は有限だから楽しくもない、どうでもいい飲み会、愚痴を聞きつづけるような退屈な人間関係、そういったものと少しずつ距離をとって、自分らしい未来につながっていると感じる方向に向かって「時間」を確保していってほしいな」

まるで、自分の課題を言われているようだった。ハナちゃんは、断るのが苦手で、せっかく誘ってもらったし…と本当は全然興味がないことにも、付き合う癖があった。

「私の経験上、客室乗務員のようなサービス業につきたい人は、人をサポートしたいという気持ちがあるゆえ、人一倍、他人に迷惑をかけないようにしよう、という人が多いの。でも、自分の叶えたい未来があるとき、ときには、誰かに少し迷惑をかけるような場面がでてくることもある。例えば、写真を撮りにいくために学校や仕事を休むのも、学校での行事だったり、会社が忙しかったりして、自分が抜けたら誰かに迷惑をかけるという状況のときには、自分のことを後回しにしがちだわ。でも、自分の未来へは自分しか連れて行ってくれない。だから自分のために時間を確保する勇気をもってほしいなと思うの」

自分にとって、本当に大切なことのために時間を確保する勇気を！

履歴書をつくるコツは、ＴＴＰと助けを求める

「さて、ハナちゃん、素敵な写真を撮ってもらったあとは、いよいよ履歴書よ。外資系エアラインであれば、英文の履歴書にプラスして、カバーレターと言って、志望動機や自己ＰＲなど職歴以外のアピールポイントを書いて、一緒に提出するのが一般的よ」

「英語の履歴書なんて、ハードルが高そうで考えるだけでも辛いです。日常会話でさえ自信がないのに、Ａ４一枚に自分の経歴をまとめるなんて、一体どうしたらいいんだろう？」

ハナちゃんは思わず、ため息まじりでつぶやいた。

「ハナちゃん、心配無用よ。多くの人がそう感じるものだから。私がついているから心配しないで。大切なポイントが2つあるの」

履歴書のフォーマットを使う

「一つ目は、履歴書のフォーマットを使うということよ。例えば、外資系の航空会社を受験するためには、英語の履歴書が必要だとするわよね。特に、英語の履歴書は独特の書き方があるわ。日本の履歴書と形式も違えば、書く項目も、順番も違う。それなのに白紙の紙にゼロから書くなんて誰だって難しく感じるわ。**こういう時こそ、フォーマットの出番よ！**　まず、ネット上で英語の履歴書のサンプルを探すの。すると、何を書かなければいけないかという『項目』がはっきりする。そのフォーマットにのっとって『項目』を自分なりに埋めていくこと。これは、ちょっとした裏技よ。すべて、ゼロから作ろうとしなくていいの。先人の恩恵をありがたく利用させてもらいましょう。

・まずは日本語で書く
・その後で英語にできる限り自分で訳してみる

この時、大切なのは、あまり時間をかけすぎずに、**期限を決めて『完了』させることを意識することよ**」

できる人に助けてもらう

「そしたら、あとは、英語のできる人にチェックしてもらうの。英語ができる人が近くにいればいいけれど、いなければ『ココナラ』などで有料サポートを頼むという方法もあるわ。

つまりね、英語の履歴書をつくるときは、よいものを参考にして、書く。つまり、TTP（徹底的にパクる）できないところは、人に助けてもらう。を意識してほしいの。どう？ 少し簡単に思えてきたでしょ？」

ハナちゃんは、目からウロコだった。履歴書とは、ゼロから自分一人でがんばって書き上げるものだと思い込んでいた。フォーマットを利用して、さらに英語への翻訳は人に手伝ってもらえばいいんだ。気持ちが一気に楽になった。これなら、私でも英語で履歴書が用意できそうだ。

世の中にはたくさんフォーマットがある。いいものを見つけてＴＴＰ（徹底的にパクる）
そして、自分にできないことは、人に助けてもらう（有料サービスも使っていい）

別れの日

ハナちゃんは、たった三日間の間で、驚くほど、客室乗務員になるための秘訣を手にいれた。飛行機の中で、声をかけたことから、こんな展開が起こるなんて、一体、誰が想像できただろう？　空港のチェックインカウンターで手続きをすまし、空港まで見送りにきてくれていたスチ子さんとミセス・アンネに心からの感謝を告げて、ぎゅっとハグをした。

飛行機に乗り、座席につくと、ハナちゃんの目には、夕暮れの光の中で滑走路から離陸する飛行機が映った。そして、ぼんやりと奇跡のような出来事を思い返しながら、スチ子さんから手渡された手土産と小さな封筒に入った手紙を開いた。

「ハナちゃん、素敵な出会いをありがとう。あなたと過ごせた時間は、私もとても楽しかった。この出会いは、偶然ではないの。あなたが夢を叶えたいと一歩行動したことで、夢の扉は開かれたわ。不安に思う日や、あきらめたくなる日があるかもしれない。でも、そんな時は、一緒に過ごした日々を思い出してね。一番大切なことは、自分にはできる、ということを思いだして、信じること。ハナちゃんは、きっと素敵な客室乗務員になるわ。いつか空の上で会いましょう！　愛を込めて　スチ子より」

ハナちゃんの目から、涙がとめどなくあふれた。心はじんわりと温かく、深い愛に触れたような気持ちになった。スチ子さんと出会えたことは、一生の宝物。座席のモニター上でクルクルと周る世界の航路図を眺めながら、この奇跡のような出会いを運んでくれたsomething great（大いなる力）に深い感謝の気持ちが湧きあがった。

第7章

挫折を乗り越えて夢をつかむ

1年後

2030年の夏、ハナちゃんは実家の隣にあるお寺から鳴り響くセミの大合唱を聞きながら、やる気のない表情で机に向かっていた。スチ子さんとの出会いから一年がたち、ハナちゃんは大学4年生になっていた。大学生活を送りながらも、スチ子さんと約束した夢を叶えるため、バイトや勉強の合間に好きな航空会社が特集されている雑誌を買って隅々まで読んだり、移動中には、英語の音声を欠かさず聞いた。

おかげで、少しずつ英語も上達していたし、好きな航空会社も見つけることができた。

そして、航空会社の募集が発表されるサイトをチェックしては、新着で募集がでれば、手当たり次第履歴書を送る日々を過ごしていた。

けれど、うまくいかないのだ。ことごとく書類で落ちてしまう。暑くてじっとりとした部屋で、英語の教材を見ているだけで、もう何もかも嫌になりそうだった。突然、階段の下から呼び声が聞こえた。母だ。

「ハナ〜！　あなた宛に郵便が届いたわよ！　マリア航空って書いてあるけど」

ハナちゃんは、急いで立ち上がった。

「今行く！」

ハナちゃんは、ドンドンと急いで階段をおりた。先月応募をした航空会社からの返事だ。マリア航空は、待遇がいいことで知られている会社で、日本との往復便に限らず、世界中を飛べるということもあり、人気のエアラインだ。

帰国子女にも人気だと聞いていたので、応募をためらいそうになったが、スチ子さんの「応募は魔法の切符」という言葉を思い出し、エイ！　と応募をした。その結果が今日、届いたのだ。ハナちゃんは祈りながら、恐る恐る封をあけた。手がじっとりと汗ばんでいた。

「…あ～やっぱりダメだったか…」

「不採用」の文字が書かれた手紙を片手にうなだれ、無言のまま部屋に戻り、扉をパタンと閉めた。その途端、喉元から熱いものがこみ上げてくるのを抑えることができなかった。

『私なんて、どうせダメだ。誰も採用したいなんて思ってもらえないんだ。これでも一生懸命に、準備をしてきたつもりだったのに！　上には上がいて、私なんてかないっこないんだ…』

家族に聞かれるのが恥ずかしくて、枕に顔を押しつけながら泣きじゃくった。

それでも、心の中の自分を責める声は止まらない。あふれる涙と鼻水をティッシュで拭いていると、突然携帯が鳴った。

「誰？　こんな時に」

ハナちゃんは、イライラしながら、携帯の画面に目をやったが、その瞬間懐かしさがこみ上げてくるのを感じた。

「ハナちゃん、お久しぶり。元気にしているかしら？　来週、東京フライトなの。よかったら会わない？　ジョージより」

この名前を覚えている。ミセス・アンネの家で一度だけ会ったことがある、あの人懐っこいジョージだった。このタイミングで連絡がくるなんて、なんて不思議な縁なのだろう。ハナちゃんは、さっきまで泣いていたことをすっかり忘れて、返事を打ち込んだ。

「もちろん！　会えるのを楽しみにしています！」

まさか、東京でジョージと再会することになるとは…彼はあれからもずっと客室乗務員を続けているようだ。不思議なシンクロニシティに導かれたような気がして、さっきまで泣いていたのが嘘のようにウキウキした気持ちになった。ハナちゃんは来週が待ちどおしくて仕方がなかった。

心を開いて話す

待ち合わせの時間まで、あと5分。ハナちゃんは、キョロキョロと人混みの中で知っている顔を探していた。彼がきた瞬間、すぐにわかった。1年ぶりに会うジョージは、少しも変わっておらず、ハナちゃんを見つけるやいなや、手を振りながら一目散にかけよりハグをした。

「まぁぁー♡ハナちゃん、お久しぶり！　元気だった？」

「はい！　元気は元気なんですけど…実はいろいろあって…」

「あら？　ちょっと元気ないわね？　私でよければ話を聞くから、なんでも話してちょうだい！」

久しぶりのハグの感じに圧倒されながらも、不思議な高揚感を感じていた。ジョージは日本にフライトにきた時には必ず寄るというお気に入りのフラワーカフェに案内してくれた。運ばれてきたハーブティーを上品に飲むジョージをみて、ハナちゃんは『美しいな』と感じた。座り方、話し方、相槌の打ち方、店員さんとのやりとり、どれも、洗練されている。この人は、私がなりたいと夢見ている客室乗務員の狭き門を通った人なんだ。落ちてばかりいるという事実を話すのは恥ずかしいけれど、この人になら、自分の心を開きたい。ハナちゃんは、意を決して話しはじめた。

「あの、ジョージさん、実は私、ヨーロッパでスチ子さんやミセス・アンネにあれほど指導してもらったのに、書類で落ちてばっかりなんです。応募するたびに、やっぱり自分には無理なんだと感じて、どんどん気持ちが落ち込んでしまうんです」

「あら、そうだったのね。でもね、私だって6回も落ちたのよ？」

「え！　そうなんですか？」

ハナちゃんは、意外すぎて、拍子抜けしそうになった。ジョージは一発で合格しているものだと思い込んでいたのだ。

「そうよ、もう悔しくて『なんで私が選ばれないのよ！』って叫びたくなったりもしたわ」

「それはそれで、すごい自信ですね…」

ハナちゃんは苦笑いした。

「ふふふ、なんてね。私は楽観的な性格だけれど、それでも、不採用通知を受け取ったときは、落ち込んだわ。『私の何がいけなかったの？　私に足りないものはなに？　みんなコネで入ってんじゃないでしょうね！』なんて、ひねくれたりもした。そして、次第に自分を責めるようになっていったの。私は大したことがない人間なんだってね。

夢があるというのは、とても素敵なことだけど、時として、理想と現実のギャップの間で人は苦しむわ。ＣＡになりたい自分、でもまだなれない自分。そんなときにね、ある言葉に出会って、私はまた立ち上がることができたの。それは、ダライ・ラマ法王の言葉よ」

「思いやり」の心があれば、人生に起こる苦しみや問題は自分で解決できる—

ダライ・ラマといえば、チベット仏教で最上位クラスに位置する高僧で、１９８９年にノーベル平和賞を受賞した国際的にも有名な人である。

「思いやり？」

ハナちゃんは、この言葉にジョージがどのように救われたのか、話のつづきを聞きたくて仕方がなかった。もしかすると、今の自分の状況を変えるヒントが秘められているかもしれない。ジョージは、ハナちゃんの真剣そうな眼差しをじっと覗きこみ、話しはじめた。

自分に思いやりを向け続ける

「いい？　この『思いやり』という言葉は、一見、他人に向けているように思えるけれど、**実は、まず誰よりも自分自身に向けて『思いやり』の心をもつことの大切さを教えてくれているの。**自分の思い通りに物事が進まないとき、どうしても自分を哀れんだり、卑下したりしたくなるものよね。でも、それをしたところで、どうなると思う？　単に『苦しみ』しか生まないわ。そうしている間にも、人生の大切な時間が過ぎていってしまう。もったいないわよね。

試験に落ちてしまったり、実力をうまく発揮できなかったとき、落ち込むな！とか、無理にポジティブに切り替えろ！　と言っているわけではないわ。そうではなく、自分に『思いやりの眼差し』を向けることの大切さを、この言葉は教えてくれているの。思い通りにいかない時に、例えば、悲しみ、怒り、絶望という気持ちが湧いてきたら、ただ、その自分の中にわいてきた感情に、そっと寄り添ってあげる。まるで、自分の大切な人が苦しみの中にいるときに、そっと寄り添ってあげるような感じでね。

『そっか、辛いよね、そうだよね。うまくいかなくて悲しいんだね。そっか、そっか…』

そうやって、自分に思いやりの眼差しを向けることができる人は、倒れてもまた立ち上がることができる人に育っていくの」

「でも…」

ハナちゃんは、こう続けた。

「そんなんじゃ、自分を甘やかしていることになり、やる気もがんばる気持ちも失せてしまうんじゃないかって…心配なんです。そこに留まってしまうようで」

そうくると思ったわ、という表情で、ジョージは微笑んだ。

「私もね、客室乗務員の試験に何度も落ちて、その度に自分を責めたわ。『このバカ！　あんたまた落ちたのね！　何かが足りない、もっと頑張らなきゃ、ダメ、ダメ、ダメ…！』ってね。でも、結果、どうなったかというと、よけいに苦しくなって、試験を受けることすら嫌になってしまったの。研究によるとね、自分を責めることで、短期的には、がんばれても、長期的にみると、むしろ思いやりを向けている人の方が、幸福度が高く、さらに夢を叶えているのよ」

「そうなんですね、世間では自分を追い込んだ方がいいと思われているような気がします…」

ハナちゃんは、自分に厳しい人ほど勝てるんだと思い込んでいた。まるで競走馬のように、お尻を叩いて、叩いて、そうして痛みも苦しみもぐっと飲み込むことで、前に進める。いちいち、感情など感じていたら、歩みを止めてしまうんじゃないかと思い込んでいたのだ。

ジョージは続けた。

「私もね、騙されたと思って、試しに自分に思いやりの眼差しを向ける練習をしてみたわ。最初はいつもの癖で自分を責めたい気持ちが湧いてきたけれど、そのうち、思いやりを向けられるようになっていったの。繰り返すほど、簡単にね。『うぁ、落ちたね、悲しいね、辛いよね…友達は受かったのに、私は受からないなんて嫉妬しちゃうよね、そうだよね、それでもいいんだよ』

そうやって、自分の気持ちに寄り添ってあげると、不思議とまたやってやろうじゃない！　というやる気が湧いてきて、応募することを続けることができたの。そうしたら7回目の真実。気がついたら、高嶺の花だと思っていた客室乗務員になっていたわ！

挑戦するということは、今まで経験したことのないことに向かっていくプロセスそのもの。うまくいくときもあれば、そうでない時もある。**でも、どんな結果でも、いつでも自分に思いやりの眼差しを向けて、寄り添い、味方でいることができれば、いつか必ずうまくいく日がくる。**私がその生きた証拠よ♡」

ジョージの言葉には、妙な説得力があった。６回落ちて、また立ち上がる。この意味は、経験したものにしかわからない。陽気そうに見えるジョージの奥にある深みに、ハナちゃんは、尊敬の念を抱いた。

自分に思いやりを向け続けることで、挫折しても、挑戦をつづけることができる。

あきらめず、あせらず、今できる行動を継続する

「ねえ、ハナちゃんは、弓道の『正射必中』という言葉を知っている？」

「正射必中《せいしゃひっちゅう》ですか…？」

ハナちゃんは、聞いたこともない言葉に、オウム返しのようにくりかえすことしかできなかった。

「この言葉はね、『正しい姿勢と、正しい心で射を行えば、必ず中《あた》る、必ず結果はついてくる』

という意味よ。

何かを手にしたい！　と思ったときに、それが瞬時に叶うこともあるけれど、時間差で叶うことの方が多いわ。だから、多くの人は、『すぐ』に結果がでないことで、あきらめてしまうことが多いの。

私だって、ＣＡの試験を受けようと思ったときには、すぐに結果がでてほしいと願ったわよ。それは、ある意味で、当たり前の感情よね。でも、結果がでてほしいと願えば願うほど、気持ちに焦りがうまれて、からまわってしまう。

目的を達成しようと、ゴールにばかり目がいっていると、現在の手元がおろそかになってしまう。

同じように合格しよう、しようと妄想ばかりしていても、そのための準備ができる『今』という時間が留守になっていたら、叶うことも叶わないわよね。

当たり前のことのように聞こえるかもしれないけれど、多くの人がこの罠に陥るの。

遠くばかりみて、『今、ここ』でできることの価値を見逃してしまう」

ハナちゃんは、あやうく、自分がこの罠にはまっていることに気がつかないところだった。遠くをみるのはいい。でも、遠くばかり見つめていても、一向にそこにはたどり着けない。さらに、まだまだと焦燥感がでて、手元がおぼつかなくなる。

秘訣は、今、できる小さな一歩はなんだろう？　と考えて、『今ここ』で、できることを積み重ねていくことなんだ。ハナちゃんは、自分の心に、爽やかな風が吹いたような軽やかさを感じた。

結果がすぐほしい！　という気持ちがあるのは、当たり前。そんな時こそ、手元でできることに心を戻し、一歩ずつ、試行錯誤で歩んでいこう。

ご縁という要素

「そしてね、最後にハナちゃんに伝えたいこと、それは、どんな結果であろうと、大いなる視点で見てみると、すべては完璧なご縁とタイミングで起こっているということよ。だから、短期的な視点でみて、すべてをあきらめてしまう、ということはしないでほしいの。人生には、ベストなタイミングとご縁があるわ。

私もね、6回、試験に落ちたという話をしたでしょ？　その時は、悔しかったわ。でも、あとあと最善だったとわかったの。もし、先に受かっていたら、今の彼と出会うこともなかったもの」

そう言うと、ジョージは今付き合っているというイケメンの彼の写真を見せてくれた。

「あら、のろけてごめんなさいね♡」

「えーそうだったんですね！」

顔を赤らめながら話すジョージを見て、本当に大好きな彼と出会ったのだなと微笑ましくなった。

「ふふふ。**だからね、今うまくいかないから、未来もうまくいかない。なんてことはないのよ**。めぐりめぐって、あの時、自分にとって不本意な結果で終わったことが、あとあと、自分にとってベストだったってことが人生には、往々にしてあるということを覚えておいてね。自分のあずかり知らぬところで動いている、宇宙の采配ってやつかしら。まぁ信じるか信じないかは、あなた次第だけどね」

そうウィンクすると、食べましょ！　と言って、たっぷりのフルーツがのったケーキを美味しそうに食べはじめた。

ハナちゃんは、自分の中にエネルギーが湧いてくるのを感じていた。あんなにモヤモヤしていた、どす黒い心の霧がパッと晴れたかのように、またやってみるか！　という気持ちが戻ってきたのだ。前向きな人と一緒にいると、こんなにも「気が巡る」ように元気になる。このタイミングでジョージに再会できたことも、きっとご縁なんだろう。

「ありがとう、ジョージ。私、とっても元気がでたよ。結果がすぐにでなくても、焦らない。いや、きっと焦るけど、それでも慈しみの気持ちを自分に向けて、ゆっくり自分のペースで、今できることをやっていくね」

「You are amazing！　あなたなら、きっと大丈夫。いつも応援しているからね」

フライトの合間に時間をとってくれたジョージにハグをしながら、感謝を伝え、帰りの電車に乗り込むと携帯の音が鳴った。新しい採用情報を知らせる通知だった。

「あ！　パンダ航空の募集がでている！」ハナちゃんが、一番好きなエアラインの募集が、なんと3年ぶりにでたのだ。

すべては完璧、ベストなタイミングがあるだけ

書類審査が通過した。それも一番好きなパンダ航空だ。奇跡がおこり始めていた。

翌朝、始発の新幹線に乗り、面接会場へと向かった。髪もメイクも乱れていたので真っ先に化粧室に向かった。扉をあけると、鏡に向かって口紅を塗っていた女性と目があった。そして、その瞬間、懐かしそうに微笑んで、こちらに近寄ってきた。

レイという名の彼女は、前回の不合格となった試験で偶然にも会話をした女の子だった。同郷出身ということで、意気投合し、お互いがんばろうと励ましあった仲でもある。

「ハナちゃんも書類通過したんやね！　やったやん！　今日はがんばろうな！」とレイちゃんはうれしそうに抱きついてきた。

東京で、顔見知りに会えることは、なんて心強いのだろう。緊張がふっと緩むのを感じた。

一次試験は、筆記と英語に関する試験で、広い会場には何百人というスーツに身を包んだ女性が座っていた。番号札が書かれた机を探し席につくと、さっそく舞台の上からマイクを持った浅黒い肌の男性が英語で話しはじめた。


「皆さん、ようこそ、今日の試験会場へ！　リラックス、リラックス、楽しんでくださいね」と笑顔で挨拶すると、なんともゆるい空気感の中で筆記試験がはじまった。

答案用紙に向かいながら不思議な安堵感を感じている自分に気づいた。この柔らかい雰囲気は、なんだろう？　これまで受験してきた航空会社ともまた色合いが全然ちがう。とても心地がいい。南国の航空会社がもつ特有の空気感なのだろうか？


続いての二次面接は4人のグループを組み、順番に部屋に案内されることになった。部屋の前で順番を待っていると、色白の女の子がハナちゃんの髪からおくれ毛がはみ出しているのに気づいたかと思うと、おもむろに「直してあげる」とヘアピンを取り出して整えてくれた。

みんなライバルだけど、同じ夢を目指す仲間でもある。不思議とうれしさと勇気がこみ上げてくるのを感じた。面接では、いろいろなことを聞かれた。日本人の面接官と外国人の面接官が3人同席している。面接のために本社から来日しているようだ。

ハナちゃんは、緊張はしているものの、なんだか楽しみ！　という気持ちも、同時に自分の内側に存在していることに驚いた。もしかすると、何度も応募し、失敗してきた中で、自分の中に見えない何かが積み上がってきたのかもしれない。

かつての面接で、同年代の女の子たちが、ためらうことなく手をまっすぐあげて、英語で堂々と自分の意見を主張する中、遠慮しているうちに、一言も発言できないまま終わってしまったこともあった。圧倒されっぱなしで、悔しさと情けなさに、勝ち目なんてない…とひがんで泣きじゃくった日もあった。

そんな日の自分を思い出しながら、優しく心の中で自分に語りかけた。

「私ならきっと大丈夫。今、この瞬間を楽しもう」

面接では、謙遜することなく、状況を楽しむ余裕もあり、自分の経験してきたこと、ＣＡになりたいという強い思いなどを、心をこめて面接官に話した。

・あなたの人生の指針はなんですか？
・なぜ、航空業界で働きたいと思ったか？
・なぜ、私たちのエアラインを選んだのか？
・海外で暮らすことになるが、大丈夫か？
・チームワークで働くことは大丈夫か？

などの質問をされ、日本語で答えるときと、英語で回答するときの両方があった。正しい日本語が話せるか、英語はどれくらい話せるのか？　を見られているのだろう。そのあとは、日本語のアナウンスを読み上げたり、最後には背の高さを測った。面接中には、時に笑いもあふれて、この航空会社は自分と相性がいいなと感じていた。それくらい、いつになくリラックスしていたのだ。

「ありがとうございました。失礼します」

面接が終わると部屋をでて、同じ面接を受けたメンバーたちとカフェに行き、これまでの道のりをお互いに話しあった。みんなそれぞれの想いがあり、客室乗務員を目指している。

悩みもそれぞれで、苦しんだり、悩んだりするのは自分だけじゃないんだと、ハナちゃんは、ほっとした。

連絡先を交換し、お互いにこれからも情報交換しようね！　と約束すると、ハナちゃんは、爽やかな気持ちで家路についた。心は、ウキウキしていた。まだ合格したわけでもない。けれど、たくさんの夢を目指す仲間と出会えたことがうれしかったのだ。彼女たちは、私と同じように外国が好きで、飛行機や、空が大好きな人たち。それだけで、初対面とは思えないほど、意気投合した。悩みや夢を分かち合えるって、なんて素敵なことなのだろう。あきらめていたら、きっと出会うことができなかった。世界に出れば、もっとこんな仲間たちに出会えるのだろうか？　真っ青に晴れた空を見上げながら、ハナちゃんは胸のあたりが熱くなるのを感じた。

私は私でいい。好きなことは、好きでいい。挫折してもいい。悲しいと感じたり、焦りを感じても大丈夫。今、私にできることをやろう。いつでも、自分の味方でいよう。

夢が花咲くとき

１年後

「本日もＯＨ１０８便にご搭乗いただきまして、誠にありがとうございます。この飛行機はパンダ国際空港行きでございます。本日、機長を務めますのは…」

美しい紫色のスカーフを首に巻き、凛とした姿勢で客室を見つめながら、日本語と英語のアナウンスを終えると、離陸に向けてキャビンシートに腰をかけた。その表情は、自信とやりがいに溢れていた。ハナちゃんは、今でも時々、飛行機でスチ子さんと出会ったあの日のことを思い出す。

憧れだったエアラインの制服に身を包み、ずっと夢見ていた英語で同僚と冗談を交わし合い、チームワークで、空の旅を快適に過ごしてもらえるよう、ハナちゃんは飛行機の中を忙しそうに歩き回っていた。

飛行機の中では、たった1年でもたくさんの人に出会った。そして、世界には本当に多様な人たちが生きているのだ、という当たり前の事実を肌で感じていた。

・目の奥がキラキラしている、いたずら大好きなインド人の少年
・90歳を過ぎ、今もなお、広い世界をみてみたいと一人旅を続けているご婦人
・ブラジルに移民として渡り、50年ぶりに日本へ帰国すると懐かしそうに微笑むご老人
・お礼にといって、クルー全員に折り鶴をプレゼントしてくれた優しい女性
・世界中の国のバッチがついたジャケットを着て愉快に笑うおじさん

みんな、肌の色や言語がちがっても、それぞれの人生をこの世界の中で生きている。機内に溢れるお客様たちの笑顔は、世界平和の象徴みたいで、ハナちゃんは、やりがいと幸せを感じていた。

キャビンシートに座り、ふと窓の外を眺めると、遠くの雲の切れ間から、別の飛行機の機体が見えた。世界で一日に多いときには、20万機以上の飛行機が飛んでいる。

「ずっと見上げてきた空、その空の上に今、私はいるんだ」

あの小さな一歩が、あの勇気が、私をここに連れてきてくれた。これほどたくさんの人たちとの出会いを運んでくれた。いつも、思い出すと胸から熱いものがこみ上げてくる。

雲の切れ間から、光が差し込み、ハナちゃんの顔を照らした。

「ありがとう、スチ子さん、あなたのことは一生忘れません」

あとがき

私が客室乗務員になりたい！　とはじめて夢見たのは、中学生のとき。町の交流プログラムではじめての海外・アメリカのシアトルに行ったことがきっかけでした。

不安と期待で緊張していた私は、機内でやわらかにサービスをする日本の航空会社のCAの方に目を奪われました。優しく話しかけてもらい、シアトルの空港に着いたときも、彼女がゲートから出てくるのを、まるで初恋の人を見るように目で追いかけていたことを覚えています。

田んぼに囲まれた田舎で育った中学生の私は、こんなにかっこいい女性がいるんだということに、ひどく心を奪われました。そして、その体験がきっかけで、いつか客室乗務員になりたい！　と心に決めたのでした。

それから、ほどなくして高校、そして英語が好きだったので英文科へと進学しました。大学生になるころには、海外に関わることを仕事にしたいという想いはあったので、英語教員の免許や日本語教師の資格をとり、自分なりに準備を進めていました。

進学した大学は、語学系の学科が多く、周りにはＣＡを目指す人もいました。でも、私は応募要項はちらりと見てみるものの、それ以上の行動を起こすことはありませんでした。

不思議なことに客室乗務員を目指そうとした気持ちが消え去っていたのです。

なぜか？　それは、成長するにつれ「身の程を知る」という感覚を覚えたからかもしれません。大人になるにつれ、当然、自分よりすごいな、素敵だな、能力が高いなという人に出会う確率が増えていきます。周りの人との比較を覚えたころには、自分には到底、なれっこない。無理だと思うようになったのです。

・こんな語学力じゃ…
・私のような容姿では…
・もっとふさわしい人がいる…

気がついたら、もう少し現実味のある仕事を探そうと、いつの間にか夢だったことも忘れて、ＩＴ企業に就職しました。誰もが知る大手企業でしたが、１年が経つころには、この先、何のために生きていくんだろう？　と思いつめるまで、仕事に打ち込もうとするも、心も体も疲弊していくようになりました。通勤電車の窓に映る自分の顔は暗く、疲れ果てていました。どん底のサラリーマン時代です。

そんなとき、一人の女性と出会いました。同じ会社の先輩で、韓国系カナダ人のエンジニアの女性でした。女性社員が少なかったこともあり、とてもよくしてもらい、一緒に食事をしたり、何度も相談に乗ってもらう中で、彼女からこんなことを言われたのです。

「たった一度の人生だよ、あなたは、本当は何をしたい？
想像してみて。80歳になった自分は、今のあなたにどんなアドバイスをすると思う？」

相当、参っていたのか、私は彼女の前ではよく泣きました。彼女と話していると、もっと自分の気持ちに素直に生きていい、嫌なら仕事を辞めてもいい。好きなことを仕事にしていいんだと思えて、希望の光が差したように感じていました。

それから、しばらくの間、転職サイトを眺めながら、今の自分が転職できそうで、かつ海外で働けそうな企業を探しました。一方で、純粋に自分と向き合う時間、自分が好きだったこと、楽しいと感じることなどを探し求めました。

そんな風にして半年が経った頃のある日の休日、空が好き、英語が好き、海外が好き、多様な価値観が好き、世界中の人と話すのが楽しい。そんなことを紙に書いていてハッとしました。あれ？　私って、客室乗務員になりたかったんじゃなかった？

何年も経って、ようやく客室乗務員が自分の夢であったことを思い出したのです。社会人二年目、25歳の時でした。それほど、自分の中で無理な夢だと封じ込めていたせいか、その時まで一ミリも思い出さずにいました。

それからは、あっという間でした。自分の気持ちに嘘をつかない、誰よりも自分が自分の味方になって、幸せになることを許す。そして、まだ訪れていない未来の不安への妄想は捨てて、一歩飛び込んでみる勇気。

あなたの心がとっくに気づいているように世界は広くて、いろいろな価値観の人が生きています。「正しさ」よりも、自分の心の声に従って生きている人がたくさんいます。

もしかすると、今生きている環境に適応するうちに、外の世界に飛び出すことが怖くなることがあるかもしれません。

・今の仕事をやめてどうする？
・海外にいってなんになる？
・好きなことでは食べていけないよ？

すべて私自身が言われた言葉であり、自問自答したことでもあります。

自分の夢を追うことが怖くなったとき、どうか、同じように怖がりだった私の経験を読んでもらうことで、一歩づつ、自分にとって光がさす方へ進んでいってほしいと思います。
未来は、誰にもわかりません。すべてはやってみないとわからないのです。

客室乗務員になるまでのプロセスは十人十色。必ずしも、この本に書いた通りでなくても大丈夫。
自分の気持ちに寄り添い、あなたなりのやり方とペースで、夢を叶えてほしいと思います。

私の体験が、あなたの夢を叶える上で、ほんの少しでも参考になれば、こんなにうれしいことはありません。

あなたの夢が叶いますように。あなたの人生が「やりたいこと」であふれますように。

謝辞

喜びとともに、次の方々に感謝申し上げます。

世界の広さと美しさ、自分らしく生きる道へと導いてくれたＪｕｄｙさんへ、世界中で出会い、よい影響を与えてくれた友人、同僚たちに。今にも動き出しそうなほど、イキイキとしたイラストを書いてくださった絵と図デザイン吉田さま。出版にあたり、帯へのメッセージを快諾くださった月刊「エアステージ」編集長の川本多岐子さま。編集の際に大変お世話になった日本橋出版の大島拓哉さま。いつも見守ってくれる夫と、海外へいくことを自由に選ばせてくれた両親に。そして、この本を手にとってくださったみなさまに、心よりお礼を伝えたいと思います。

プレゼント企画

この本を手にとって頂きありがとうございました。

初出版を記念して、プレゼントを用意しました。

『客室乗務員になるために一番大切なこと』と

『世界で自分らしく、豊かにゆるりと生きる方法』の

音声ファイルです。

公式サイトからダウンロードできます。

下記のQRコードを読み取ってください。

＼ 出版記念プレゼントコード ／

『客室乗務員になるために一番大切なこと』
『世界で自分らしく、豊かにゆるりと生きる方法』

著者プロフィール

知香（ＣＨｉＫＡ）

大手ＩＴ企業の営業職時代、仕事に息がつまる日々、生きている意味を見出せなくなる。韓国系カナダ人の女性との出会いをきっかけに、自分らしく生きるには？　と探求をはじめる。

ずっと心の奥に秘めていた海外で働きたいという想いに気づき、数ヶ月後には、タイへ移住。タイの航空会社にて客室乗務員として4年間勤務。

その後、家族の病をきっかけに、ホリスティックな癒しに興味をもち、代替医療が盛んなドイツへ移住。ドイツの航空会社で働き、日本人の夫とともにドイツで5年暮らしながら、世界中にて様々な癒しの手法に触れる。

日本に帰国後、法人を設立するも、その直後に大病を患い、その体験をきっかけに『人は、心・体・魂のバランスをとることで〝よりよく生きる〟ことができる』と気づく。

現在は、タイに古くから伝わるハーブの民間療法「Thai Herbal Steam Sauna」を日本に広めるため、タイと北海道を行き来しながら、ハーブテントサウナ専門店lenlenを運営。また、自分らしく世界を遊び場にゆるりと生きる方法を発信中。

Illustration : 絵と図デザイン吉田

あこがれのスチ子さん

2024年11月11日　第1刷発行

著　者――― 知香
発　行――― 日本橋出版
〒103-0023　東京都中央区日本橋本町2-3-15
https://nihonbashi-pub.co.jp/
電話／03-6273-2638
発　売――― 星雲社（共同出版社・流通責任出版社）
〒112-0005　東京都文京区水道1-3-30
電話／03-3868-3275

ISBN 978-4-434-34697-2
落丁・乱丁本はお手数ですが小社までお送りください。
送料小社負担にてお取替えさせていただきます。